张林峰曲艺集（二）

说唱咱临县

SHUO CHANG ZAN LIN XIAN

张林峰 著

山西出版传媒集团
山西人民出版社

图书在版编目（CIP）数据

说唱咱临县：张林峰曲艺集.二 / 张林峰著. —太原：山西人民出版社，2020.1
ISBN 978-7-203-10907-5

Ⅰ.①说… Ⅱ.①张… Ⅲ.①曲艺—作品综合集—中国—当代 Ⅳ.①I239

中国版本图书馆CIP数据核字（2019）第280943号

说唱咱临县:张林峰曲艺集（二）

著　　者：	张林峰
责任编辑：	吴春华
复　　审：	刘小玲
终　　审：	秦继华
装帧设计：	宣海丰

出 版 者：	山西出版传媒集团·山西人民出版社
地　　址：	太原市建设南路21号
邮　　编：	030012
发行营销：	0351-4922220　4955996　4956039　4922127（传真）
天猫官网：	https://sxrmcbs.tmall.com　电话：0351-4922159
E—mail：	sxskcb@163.com　　发行部
	sxskcb@126.com　　总编室
网　　址：	www.sxskcb.com
经 销 者：	山西出版传媒集团·山西人民出版社
承 印 厂：	山西凤凰传奇印务有限公司
开　　本：	787mm×1092mm　1/16
印　　张：	25
字　　数：	299千字
印　　数：	1—5000册
版　　次：	2020年1月　第1版
印　　次：	2020年1月　第1次印刷
书　　号：	ISBN 978-7-203-10907-5
定　　价：	108.00元

如有印装质量问题请与本社联系调换

2012年1月,张林峰(右)和他的恩师康云祥(左)在北京演出

2016年4月,张林峰(右一)表演临县道情小戏《假离婚》

2013年正月,张林峰在临县县委大院伞头秧歌拜年

2013年11月,在临县县委宣传部的安排下,张林峰(演讲者)深入基层宣讲十八大精神

2009年5月,张林峰(二排右一)参与组建了临县曲艺家协会,并当选为副主席

2014年7月,张林峰(二排右二)担任临泉镇综合文化站长,组织了临县首届曲艺培训班

2018年5月，张林峰（后排左八）在上海参加文化和旅游部主办的群众文艺创作（戏剧）高研班合影

2019年10月，张林峰（后排左六）参加厦门大学——山西省宣传文化系统"四个一批"文艺人才培训班合影

2013年正月,张林峰(左一)担任临泉镇后麻峪村党支部书记,组织秧歌队向全县人民拜年

2018年8月,张林峰(右一)担任安业乡前青塘村第一书记,和群众一起采粽叶

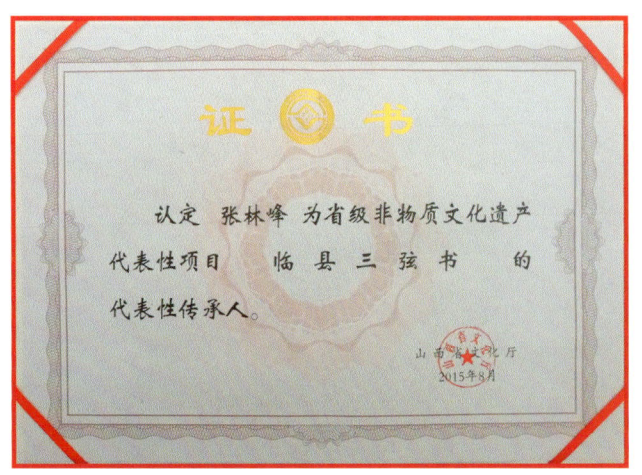

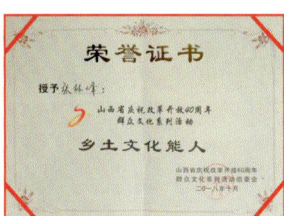
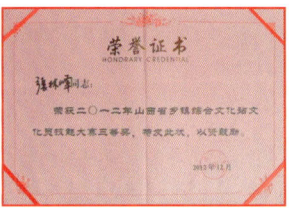
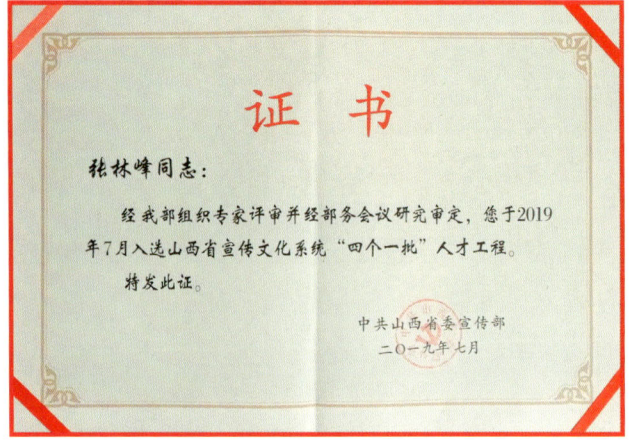

部分荣誉证书

文艺创作方法有一百条、一千条，但最根本的方法是扎根人民。

人民需要艺术，艺术更需要人民。马克思说："人民历来就是作家'够资格'和'不够资格'的唯一判断者。"以为人民不懂得文艺，以为大众是"下里巴人"，以为面向群众创作不上档次，这些观念都是不正确的。文艺创作方法有一百条、一千条，但最根本的方法是扎根人民。只有永远同人民在一起，艺术之树才能常青。

——2016年11月30日，习近平在中国文联十大、中国作协九大开幕式上的讲话

把提高质量作为文艺作品的生命线，用心用情用功抒写伟大时代。

要引导广大文化文艺工作者深入生活、扎根人民，把提高质量作为文艺作品的生命线，用心用情用功抒写伟大时代，不断推出讴歌党、讴歌祖国、讴歌人民、讴歌英雄的精品力作，书写中华民族新史诗。要坚持把社会效益放在首位，引导文艺工作者树立正确的历史观、民族观、国家观、文化观，自觉讲品位、讲格调、讲责任，自觉遵守国家法律法规，加强道德品质修养，坚决抵制低俗庸俗媚俗，用健康向上的文艺作品和做人处事陶冶情操、启迪心智、引领风尚。

——2018年8月21日至22日，习近平出席全国宣传思想工作会议时指出

说说心里话

当打开这本书的时候,您就是我的知音了。

我的第一本曲艺集《说唱咱临县》由山西人民出版社于2010年出版,它主要收录了我2002—2010年的文艺作品。今年出版的这本《说唱咱临县》是我的第二本曲艺集,它收录了我2010—2019年的文艺作品,且在作品类别、数量、质量上均高于第一本,主要分为临县三弦书、临县快板等8个种类,50多个文艺作品。

我自幼生长在贫困家庭,只上过小学五年级,就告别了心爱的学校走上街头,以修理自行车为生。然而生活窘迫并没有阻挡我自强自立的决心,也因为我热爱学习、思想上进,2002年光荣地加入了中国共产党,并通过函授学习在山西省委党校取得了大专、本科学历。我曾担任村党支部书记,现在又是驻村帮扶第一书记,每天和群众打交道,所以最能了解广大群众在想什么,需要什么样的文艺作品,更能第一时间知晓群众身边发生的事情,将这些素材创作成群众喜闻乐见的文艺作品来引导教育群众,这不是更接地气,更容易让人接受吗!

在恩师康云祥的谆谆教导下,我更深刻地认识到了文艺要依靠谁、服务谁的道理。文艺工作者也是医生,也可以治病救人。文艺作品是精神食粮,要起到一定引导教育作用的。没有好人品就没有好作品,每一件作品都是经过作者精雕细琢的。恩师那种"啄木鸟""环卫工"精神,我终生难忘,并将永久传承下去。他老人家评价我"最大的优点就是能过了钱的关",确实是,虽然我生于寒门,生活很是窘迫,但从来没有把钱看得太重，更没有因为挣钱而出卖自己的灵魂和昧着良心去做人做事，而是抱着"做人要踏实，做事要认真，帮人尽全力，不操害人心"的原则一步一个脚印走到今天。

自参加工作以来，我外出学习专业知识的机会就增多了。从2014年参加山西省群星奖创作培训，到2018年的群众文艺创作（戏剧）高级研修班，我先后共参加国家级、省级专业培训10多次，创作发表各类文艺作品60多件。其中，地方小戏《过年》入选《2018年全国戏剧与评论高级研修班作品集》，自编自唱临县三弦书《说说咱的新农村》荣获"2012年山西省乡镇综合文化站文化员技能大赛"三等奖，临县三弦书《林大嫂住院》、临县道情小戏《假离婚》等10个作品先后荣获"吕梁市戏剧剧本、小戏小品、曲艺、歌词征文评奖"一至三等奖，参加省市调演及下乡宣传演出1000多场，获得省、市、县表彰奖励50多次。2019年3月，我被授予山西省2018年度"三晋英才"支持计划青年优秀人才，同年7月入选山西省宣传文化系统第五批"四个一批"人才工程。

临县曲艺的发展现状青黄不接，面临严重断层，所以我更要不忘初心、牢记使命，决不能让这珍贵的艺术在我这一代消失。特别是2018年以来，我在担任临县文化和旅游局公共服务股长的同时，又担任安业乡前青塘村第一书记，两个岗位的工作量都很大，节假日、周六日都被安排得满满的。但是，我深知要做出一番事业，就必须耐得住寂寞，守得住清贫，一定要坚持、坚持、再坚持。别人下班后，正是我专心创作和整理作品的时间，中午也很少回家吃饭，晚上十点回家已成为常态，饿了就用干馍馍充饥，熬成了近视眼，累出了颈椎病。我几乎没有休息过一天，全身心投入，为临县的文化事业默默奉献着。

传统的临县三弦书说唱都是盲艺人口耳相传，从未见过全本的文字脚本，所以，大量好的传统书目随着老艺人去世而失传。

我经过两年来的努力，现已整理出传统临县三弦书脚本60关，约60万字。我认为要想把临县曲艺传承下去，就必须做出更大的成就，树起一杆旗来，这样才能引起更多人的关注。因此，我再次做出了一个大胆的决定——出版《说唱咱临县——张林峰曲艺集（二）》。出书是一件很辛苦的事，需要一定的精力和财力，可这些我都不具备，"只顾低头拉车，不会抬头问路"的我，从来不懂得吹捧，更没有刻意去寻求帮助，到现在为止没有得到任何经济支持，出书花费共计十几万元都是靠贷款。但是我相信，只要有付出就会有回报。通过我的努力，一定会有更多的有识之士加入临县曲艺传承队伍中来，将这宝贵的非物质文化遗产更好地传承下去。

2019年11月

目　录

临县三弦书

- 003　十九大精神传天下
- 012　精准帮扶闪金光
- 018　梦醒时分
- 022　消费者颂党恩
- 030　创卫
- 034　人间自有真情在
- 038　说说咱的新农村
- 041　生殖健康记心间
- 046　万众一心谋发展
- 048　说说文化志愿者
- 050　共塑家乡好形象
- 053　上访户改行
- 058　反邪教
- 065　体检
- 070　民声民意
- 075　圆梦
- 082　计生的春天又来到
- 090　把关
- 102　人人参与反邪教
- 104　环境整治就是好
- 107　赞青塘

110	说唱碛口
113	林大嫂住院
122	生态扶贫就是好
126	李狗狗脱贫记
136	健康扶贫
140	护林

临县快板

151	话选举
155	老区旗帜更鲜艳
160	"治病"
164	拦工
171	治贪治腐防百病
176	"双千固基"传捷报
181	服务群众解民忧
186	教育战线创辉煌
191	临县教育传捷报
197	进城

临县顺口溜

| 203 | 临县新貌 |
| 207 | 夸夸阳光农廉网 |

临县三句半

213	抗灾
216	公共卫生十三项
220	劝读书
223	喜迎党的十九大
226	邪教害处说不尽

临县小戏小品

231	过年
238	公共卫生进万家
246	假离婚
256	扶贫记
263	打击邪教助脱贫
272	看秧歌
276	贴心的棉袄
281	扶贫

临县伞头秧歌

289	时政秧歌
307	生活秧歌
325	对唱秧歌
343	其他秧歌

其他作品

351	祭恩师
356	东游记
358	青塘！美丽的故乡
360	浅谈临县三弦书的挖掘抢救与保护发展
365	浅谈临县伞头秧歌的歌词编唱
369	培植先进文艺　引领临县发展

艺苑杂谈

375	80后农民投身三弦书	陈　平
380	夸林峰	雷丙迎
383	弹起三弦定好音	雒晓利
387	后记	

临县三弦书

临县三弦书

　　临县三弦书,俗名"说书",源于盲人说书,2011年入选山西省非物质文化遗产保护项目名录,原为盲艺人的专利,明目人不能参与。究其原因,说书是盲人的吃口,明目人不能抢他们的饭碗,所以,盲艺人也不收明目人为徒。于是,很长时期,三弦书这门艺术被盲艺人所垄断。后来,作者的恩师康云祥和他的搭档樊如林深入说唱艺术当中,从学习,到学会,并将窑洞艺术搬上了舞台。现在,人们常用老瓶装新酒的办法编创一些宣传新政策、歌颂新时代的作品,既起到了良好的宣传效果,又能将这门古老的说唱艺术更好地传承下去。

十九大精神传天下

(临县三弦书)

在中国共产党第十九次全国代表大会上,习近平总书记代表十八届中央委员会向大会作了报告。为了让十九大精神家喻户晓、深入人心,作者对十九大报告认真研读,将十九大报告中的主题部分及重要内容编成通俗易懂的临县三弦书,并跟随由临县县委宣传部、临县文化局、临县文联主办,临县黄土风情艺术有限公司具体承办的"唱响临州"十九大精神主题宣传活动宣传队到临县23个乡镇巡回演出,以此来凝聚人心、催人奋进,为实现中华民族伟大复兴的宏伟目标献上一份微薄的力量。

坐诗:金秋十月艳阳照,
  首都北京传捷报,
  十九大开创新面貌,
  全民奔走来相告。

弹起了三弦定好弦音,
说一段十九大鼓舞人心。

中共召开十九大圆满成功,
习总书记作报告催人奋进。
报告共分三个板块十三部分,
指明了中国今后的路线方针。

报告主题不忘初心牢记使命，
中国特色社会主义意志坚定。
决胜全面小康社会鼓足干劲，
夺取新的伟大胜利改变命运。
为了实现中华民族伟大复兴，
为中国梦不懈奋斗定要成功。

首先提到共产党人初心使命，
坚持不懈服务广大人民群众。
为中国人民谋幸福作为己任，
为中华民族谋复兴实际行动。
党和人民鱼水情情深义重，
同呼吸心连心命运与共。
统一目标鼓足干劲一呼百应，
向中华民族伟大复兴奋勇前进。

五年回顾报告讲了十个方面，
每个方面精准到位找准关键。
经济建设重大成就已经体现，
"一带一路"即将要遍布世界。
深化改革重大突破更新观念，
中国特色社会主义本质不变。
民主政治重大步伐新的局面，
人民当家依法治国实现心愿。
思想文化建设取得重大发展，
正面引导思想教育扬长避短。
人民生活不断提升不断改善，
五年以来脱贫人口六千多万。

生态文明成效显著真抓实干，
节约资源保护生态人人称赞。
强军兴军开创新局真枪实弹，
反恐维稳抢险救灾善于实战。
港澳台进展喜人喜讯不断，
"九二共识"推动和平惠及两岸。
全方位的外交布局攻坚克难，
杭州办过国际合作高峰论坛。
从严治党成效卓著拒腐防贪，
八项规定消除了污吏贪官。

新时代的共产党人思想过硬，
不会忘记一百年前十月革命。
马列主义给中国吹来春风，
一九二一年中国共产党应运而生。
带领人民展开了革命运动，
彻底改变了中国人的悲惨命运。
新时期的新目标已经确定，
为了实现中国梦继续奋进。

新时代中国特色社会主义，
思想和基本方略必须牢记。
坚持党对一切工作的领导地位，
坚持人民为中心不变的真理。
坚持全面深化改革分清利弊，
坚持新的发展理念推动经济。
坚持人民当家做主民主选举，
坚持全面依法治国法律程序。

坚持社会主义核心价值体系，
坚持保障改善民生人民满意。
人与自然和谐共生千年大计，
坚持总体国家安全全面考虑。
党对军队绝对领导扬我军威，
"一国两制"推进统一无可厚非。
构建人类共同体统筹国际，
坚持全面从严治党精神可贵。

全面建成小康社会取得决胜，
社会主义现代化国家建设启动。
二〇年到三五年是新的征程，
社会主义现代化国家定要建成。
法治国家法治社会人人平等，
人民生活更加美好才是根本。
三五年到本世纪中叶目标确定，
社会主义现代化强国要得到公认。

贯彻新的发展观念非常重要，
建设现代化经济体系说到做到。
实现"两个一百年"奋斗目标，
人民的生活水平要不断提高。
深化供给结构性改革困难不小，
办法总比困难多定能办好。
加快建设创新型国家因势利导，
合力培养科技人才办法真巧。
实现乡村振兴战略传来捷报，
广大群众得到实惠眉开眼笑。

实施区域协调发展综合协调，
特定区域优先发展毫不动摇。
社会主义市场经济不可小瞧，
加快完善实施体制不屈不挠。
推动形成全面开放发展外贸，
面向全球合作共赢金光大道。

健全人民当家做主制度体系，
社会主义民主政治发展下去。
党的领导人民当家作为主体，
依法治国有机统一合在一起。
加强人民当家做主制度保障，
人民代表依法用权品德高尚。
社会主义民主协商凝聚力量，
政协委员献计献策树立榜样。
深化实践依法治国到处宣讲，
学法懂法守法用法更新思想。
机构和行政体制改革深化加强，
政事分类最能体现专业特长。
爱国主义统一战线紧抓不放，
各族人民团结一致赞歌高唱。

我们一定要坚定文化自信，
推动社会主义文化繁荣兴盛。
牢牢掌握意识形态思想上进，
时刻传播正能量先进舆论。
社会主义核心价值观培育践行，
挖掘优秀思想观念人文精神。

加强思想道德建设认识更深，
忠于祖国道德第一注重人品。
繁荣发展社会主义文艺水平，
抵制低俗培育优秀德艺双馨。
文化事业文化产业大力推动，
丰富人民精神食粮光荣使命。

提高保障同时改善民生水平，
社会治理与时俱进加强创新。
优先发展教育事业立德树人，
全面贯彻党中央的教育方针。
就业质量收入水平稳步提升，
鼓励劳动守法致富贫富均衡。
社会保障体系建设继续加强，
医疗养老合法权益更有保障。
坚决打赢脱贫攻坚这场硬仗，
二〇二〇实现目标胜利在望。
实施战略健康中国注重预防，
食品安全医养结合全民健康。
社会治理共同建造共治共享，
安全第一防灾减灾常抓常讲。
有效维护国家安全地久天长，
恐怖分子邪教组织无处躲藏。

生态文明体制改革继续加快，
合力建设美丽中国明确表态。
大力推动绿色发展造福后代，
节约资源绿色环保人人喜爱。

解决突出环境问题节能减排，
环境整治碧水蓝天白云飘来。
生态系统加强保护消除灾害，
退耕还林栽树种草还种蔬菜。
生态环境监管体制确实不赖，
严厉打击环境污染生态破坏。

中国特色强军之路紧抓不放，
国防军队现代化更有力量。
听党指挥作风优良能打胜仗，
红色基因永不褪色牢记心上。
海陆空军全新装备固守边防，
保卫南海钓鱼岛日夜巡航。
如果有人来侵犯自找灭亡，
三八两下就叫他举手投降。

继续坚持"一国两制"说到做到，
祖国统一指日可待见了实效。
特区自治港人治港澳人治澳，
中国大陆是你们的忠实依靠。
"九二共识"有利于两岸同胞，
台湾问题也很快就能解决好。
国际公认一个中国谁敢胡闹，
游子终归要回到母亲的怀抱。

坚持和平发展道路不会改变，
人类命运共同体推动构建。
和平发展合作共赢旗帜鲜艳，

相互尊重公平正义面向世界。
各国人民同心协力阔步向前，
共同保护我们的地球家园。

坚定不移全面深入从严治党，
提升党的执政能力实力增长。
政治建设摆在首位尊崇党章，
对党忠诚实事求是服务老乡。
新时代的中国特色社会主义，
先进思想武装全党战天斗地。
高素质的干部队伍德才兼备，
敢于担当踏实做事不谋私利。
加强基层党组织建设人心凝聚，
党员监督组织干部完全允许。
整治四风持之以恒正风肃纪，
植根人民服务人民不可代替。
反腐败斗争要取得压倒性胜利，
谁敢腐败就要把谁关了禁闭。
健全党和国家的监督体系，
全民监督齐抓共管人人参与。
全面增强执政本领巩固地位，
为人民服务是共产党不变的真理。

共产党，就是好，
青春活力永不老。
十九大，开得好，
又选出一任好领导。
习总书记就是好，

人民冷暖深思考。
十九大精神就是好,
发展的方向明确了。
给咱传经又送宝,
咱们要,
贯彻落实认真搞。
十九大精神传天下家喻户晓,
未来的明天一定会更加美好。

创作于 2017 年 11 月

精准帮扶闪金光

(临县三弦书)

"扶贫先扶农民志,脱贫先脱思想贫。"在精准脱贫大会战中,有多少被选派到农村的第一书记不辞辛劳,工作在一线。他们用实际行动来感化那些思想落后的人们转变观念,苦口婆心劝说他们自食其力、艰苦奋斗,为早日实现中国梦做出应有的贡献。为了宣传精准脱贫政策,作者创作此作品,并参加了临县文化局主办的"精准帮扶文化惠民下乡演出",奔赴临县23个乡镇巡回演出。此作品发表于《湫虹》2017年第2期,入选《临县精准扶贫文艺作品专辑》和《吕梁市2014—2017年优秀文艺作品选集》。

弹起了三弦卜愣愣(弦音)地响,
张林峰我又上了场。
别余的话题咱不讲,
说一说精准帮扶闪金光。

说的是,
九月里来秋风凉,
临州大地秋收忙。
五谷丰登上了场,
漫山遍野枣飘香。
这一天,
日出东方天刚亮,

忙坏了,
第一书记李富强。
哦!富强工作在县城,
帮扶住在王家庄。
今早上,
先要去看王大娘,
因为她,
如今还是单衣裳。
给她送件保暖衣,
不要让她着了凉。
还要到,
老赵家里走一趟,
看老赵,
感冒病情怎么样?
对!还有老汉张有旺,
危房改造要盖房。
自己动手来垒墙,
没人给他去放羊。
这些都是贫困户,
急需有人来帮忙。
富强他,
急急忙忙出了门,
突然有人面前挡。
挡路不是别的人,
正是灰鬼刘小江。

提起灰鬼刘小江,
常年起来搞上访。

身强体壮很健全，
就是思想不健康。
年龄已经三十岁，
如今还没入洞房。
好吃懒做不务正，
赌博打架很在行。
支书主任管不住，
由他村里称霸王。
低保五保贫困户，
样样有他刘小江。
如果一样评不上，
他就乡里找乡长。
抱腰抱腿往下睡，
装死卖活泪两行。
年年领得救济款，
月月起来吃公粮。
一年政府给几千，
还是穷得响叮当。
群众对他看不惯，
送他外号"白眼狼"。
刘小江，
虽然到处占便宜，
可是他，
走在哪里也不吃香。

此时富强心里想，
如何应对刘小江。
没想到，

小江说话先开口,
句句话儿暖心房。
小江说:
"以前都是我不对,
做事没有细思量。
只是围着自己转,
不为大局来着想。
好吃懒做不上进,
生活依靠共产党。
自从你,
帮扶来到王家庄,
群众对你都夸奖。
说你是,
人民公仆为人民,
处处为咱群众想。
精准帮扶到了户,
带领群众奔小康。
我的思想也转变,
定要让,
贫困二字先下岗。
今后以你为榜样,
心里装着众老乡。
脱贫先脱思想贫,
不靠政府来供养。
长征精神代代传,
谱写人生新篇章。"

富强双眼望小江，
情不自禁鼓起掌。
"你的想法我称赞，
对！脱贫要有新思想。
扶贫政策十几项，
抓住机遇奔小康。
万众创业早致富，
政策支持早提倡。
咱们要，
脱贫攻坚献力量，
团结互助齐向上。
共同富裕总方向，
人人都有新希望。"

再看此时刘小江，
心情激动热泪淌。
"在以前，
我也思想不落后，
想要致富无人帮。
现如今，
精准帮扶指明路，
拨开乌云见太阳。
我要把，
精准帮扶编成歌，
到处宣传到处唱。
让人们，
自己动手早脱贫，
思想再次得解放。

实现小康靠自己，
革命永远在路上。
万里长征第一步，
众志成城创辉煌。"

李富强，刘小江，
二人厮跟（相跟）向前方。
他们拿着保暖衣，
先去看望王大娘。
扶贫播下金种子，
生根发芽在成长。
太阳出来照四方，
精准帮扶闪金光。

创作于 2016 年 10 月

梦醒时分

（临县三弦书）

2005年前后，一些不法分子为了满足个人利益，对森林无休止地偷伐滥砍，有人建议作者创作一个关于森林防护的曲艺段子。当晚作者做了一场噩梦，梦见水土流失、沙尘暴来袭，非常恐怖！梦醒后特以《梦醒时分》为题创作了此作品。

弹三弦打竹板内心喜欢，
咱再把森林防护大力宣传。
森林防火责任大重于泰山，
星星之火可燎原严格把关。
居安思危常做到防患未然，
严厉惩治森林破坏长治久安。
有人为圆发财梦偷伐滥砍，
一场噩梦吓破了贼心铁胆。
梦醒之后重新做人受人称赞，
张林峰我也为此事编了一段。

人常说日有所思夜有所梦，
每个人都曾经入过梦境。
有人认为梦是幻觉科学理论，
有的人却把做梦看作迷信。
做了好梦盼望着美梦成真，
做了噩梦受惊吓惊恐万分。

一个好梦让人有好的心情,
一个噩梦会使人很不顺心。

人生就像一场梦迷住眼睛,
有几人能够在梦中清醒。
梦想发财把自己送进牢笼,
梦想升官使自己不值一文。
贪色恋色破坏了美好家庭,
贪污受贿留下了千古骂名。
想得多梦得多一言难尽,
接下来说上一段梦醒时分。

说的是有个青年名叫张兵,
家住在林场边的一个山村。
做梦也在想发财想得发疯,
为了钱偷砍树木毁坏森林。
他们是一个团伙一十三人,
到了晚上经常在林间穿行。
虽然说是提高了生活水平,
可是经常做噩梦害怕受惊。
常梦见水土流失非常严重,
整个地球沙漠化寸草不生。

那天晚上张兵睡觉进入梦中,
眼前是晴空万里绿树成荫。
突然间西北面刮起狂风,
沙尘暴迎面而来变成黄昏。
黑压压的一大片全是沙尘,

就像是天快要塌压在头顶。
站立不稳难呼吸难眨眼睛，
此种环境根本就无法生存。
风止后眼前绿洲无影无踪，
取而代之大沙漠令人吃惊。

张兵在梦境中如看电影，
眨眼又是雷鸣电闪大雨倾盆。
秃顶山无树木暴发山洪，
一座大山霎时被洪水移平。
山崩地裂出现了一道裂缝，
只能容下一双脚不能走动。
洪水冲来离张兵越来越近，
张兵掉进大浪里漂浮不定。
只听见张兵喊"救命救命"，
这次张兵从梦中彻底清醒。

自此后张兵生了一场大病，
睡在炕上细思量事情严重。
偷砍树木只能换来自己享用，
破坏的是整个地球生态环境。
如果我再不把这形势认清，
恐怕我做的噩梦就会成真。
水土流失沙尘暴真来入侵，
总有一天咱们要断子绝孙。
想到此吃饭不香睡不安宁，
来到了公安局自首签名。

张兵自首写检查一片真诚，
同时举报他的同伙罪孽不轻。
公安局对违法者逮捕严惩，
认为张兵坦白从宽举报有功。
罚他在林场里植树造林，
每月工资八百元合同工人。
从此后张兵还在继续做梦，
整个世界青山绿水成为仙境。
绿化事业张兵付出万苦千辛，
换来了环境优美梦想成真。

创作于 2005 年 11 月

消费者颂党恩

(对口三弦书)

　　2011年，临县要出版一本工商志的书，其中收录了作者的恩师、临县人民艺术家康云祥的地方小戏《卖月饼》，作者的临县快板《打假》，之后又让作者创作一段对口三弦书，他结合当时实际情况创作了此作品，入选《临县工商志》。

甲：　　弹起了三弦定好音，
乙：　　说一段书文大家听。
甲：　　要问说的是甚（啥）内容？
合：　　咱再说消费者颂党恩。

甲：　　说的是，
　　　　今年二月刮春风，
乙：　　发生了件大事情。
甲：　　吕梁市委发号令，
乙：　　"三项整治"动了真。
甲：　　村村社社齐响应，
乙：　　家家户户讲卫生。
甲：　　交通路线上下分，
乙：　　各行其道挺放心。
甲：　　街道装饰有规定，
乙：　　门前三包负责任。
甲：　　工商人员齐上阵，

乙：	督促商户抓得硬。
甲：	这一天，
	工商所长陈小军，
乙：	检查来到大街中。
	他看见，
甲：	商户门前都干净，
乙：	不由脸上露笑容。
甲：	检查完毕往前行，
合：	拐巷里看见一个卖肉的人。

甲：　　　走上前来看得清，
　　　　　卖肉的是个年轻人。
　　　　　脸白眉黑头发红，
　　　　　嘴上香烟叼一根。
　　　　　崭新西装穿在身，
　　　　　骑的是辆烂三轮。
　　　　　小军想，
　　　　　又是游商哄骗人，
　　　　　没有办证就经营。
　　　　　来买肉的人很多围了一群，
　　　　　只听见卖肉的喊了几声。

乙：（白）"卖肉来！
　　　　　正宗平遥五香牛肉，
　　　　　货真价实一斤十六。
　　　　　厂家直销不用进店，
　　　　　要的多了还能再贱。"

甲： 卖肉人，很热情，
说得大家动了心。
你二斤，他三斤，
排起长队往上跟。
陈小军，
走上前来开口问：
"卖肉的，
你有没有营业证？
食品安全有规定，
制假售假处罚重。"

乙： 卖肉的，眼一瞪，
见是工商发了愣。
停了一下回过神，
对着小军笑脸迎。
抽地递过一根烟，
拉拉扯扯靠了边。
"这位大哥听我言，
我是东关任五全。
我爹工作在法院，
我妈管的是城建。"
说也说，
兜里掏出五十元，
递到小军他面前。
"还请大哥给个脸，
顶给您抽两盒烟。
您高抬贵手向后转，
等于这事没看见。"

甲：　　　小军一听心好恼，
　　　　　"啊哩来的这件宝。
　　　　　牛肉全部没收了，
　　　　　罚的票子不得少。
　　　　　货物来源要查考，
　　　　　要把根子往出找。"

乙：　　　卖肉的，怕得撤，
　　　　　假迷三道又高吼。
　　　　　"老子就是刘三丑，
　　　　　黑道上有好朋友。
　　　　　今天你要不放手，
　　　　　哼！咱走着看来看着走。"

甲：　　　小军说，
　　　　　"你不要吹，不要炸，
　　　　　说得再大也我不怕。
　　　　　如果你，
　　　　　老实交代说实话，
　　　　　没收、罚款也就罢。
　　　　　要是你，
　　　　　死不悔改不知错（临县音cà），
　　　　　谁也把你救不下。"

乙：　　　卖肉的怕得往后退，
　　（白）"啊呀呀！
　　　　　工商爷爷我给你老实交代。"

　　　　　"我是西首李有庆，
　　　　　没有职业尽瞎混。
　　　　　爱好赌博运不顺，

经常输得'尽打尽'。
身上干得棍一根,
扫帚饥荒开不清(还不清)。
昨天债主上了门,
我不还钱活不成。
正是逼得跳井窖,
见一头死猪河里撂。
我灵机一动开了窍,
哎！死猪就能换钞票。
扯到院里割下脑,
打着火火燎了毛。
肠肠肚肚往出掏,
蹄蹄腿腿当柴烧。
剐得骨头喂了狗,
剩下的,
借的三轮拉上走。
准备街上卖猪肉,
啊呀呀！
闻见一股死猪臭。

多亏了,
我的脑子转得快,
生的做成熟的卖。
煮到锅里卤出来,
还能把价往高抬。
我又想,
如果变成牛肉更不赖,
价钱又能翻一倍(临县音bài)。

先上了些一品红,
又放了些牛肉精。
出了锅用鼻子闻,
嗯!一股香味香喷喷。
拉上肉,进了城,
菜市场里不敢停。
刚到这条拐巷中,
钱还没有卖一分。
我一定坦白从宽重新做人,
再也不敢干这些坏事情。"

甲: 陈小军还没开口,
  群众唾骂连声吼。
  这个说:
  "快把这肉往回扣,
  千万不敢再销售。"

乙: 那个说:
  "全凭了,
  工商局家来解救,
  要不然,
  爹爹吃里(吃进)死猪肉。"

甲: 老张说:
  "不法商贩太可恨,
  吃里这肉得癌症。"

乙: 老李说:
  "感谢感谢谢不尽,
  工商局救下咱的命。"

甲：　　　小军说：
　　　　　"要感谢的不是我，
　　　　　应该感谢共产党。
　　　　　中央会议经常讲，
　　　　　食品安全早提倡。
　　　　　全国都是一个样，
　　　　　打击假冒有力量。
　　　　　首长们常把咱群众想，
　　　　　温总理还来过咱的菜市场。"

乙：　　　消费者们热泪淌，
　　　　　心情激动歌颂党。
〔唱《社会主义好》调
合：　　　共产党好，共产党好，
　　　　　共产党是人民的好领导，
　　　　　说得到，做得到，
　　　　　全心全意为了人民立功劳，
　　　　　坚决跟着共产党，
　　　　　要把那伟大的祖国建设好，
　　　　　建设好！

　　　　　工商局好，工商局好，
　　　　　消费者的权益工商能确保，
　　　　　说得到，做得到，
　　　　　假冒伪劣没收的全火烧，
　　　　　在党的领导下，
　　　　　要把那不法商贩全部打掉，
　　　　　全部打掉！

〔转《拥军秧歌》调

　　　　你一声来我一声,
　　　　党的恩情唱不尽,
　　　　工商人员皆英雄,
　　　　处处为咱老百姓,
　　　　哎嘞哎嗨哟,哎嘞哎嗨哟,
　　　　消费者齐声颂党恩。

创作于 2011 年 5 月

创卫

（临县三弦书）

2011年，自3月1日开始，吕梁市集中两个月时间在全市范围内深入开展环境卫生、街道装饰、交通秩序"三项整治"活动，以此来树立形象好、品位高、魅力强的新吕梁。各级党委、政府牵头，全民参与，"三项整治"活动遍布吕梁各地。作者创作此作品，为"三项整治"摇旗呐喊、鼓劲加油，并多次下乡宣传演出，效果良好。

弹起了三弦定好弦音，
说一件大事情大家来听。

说的是，
阳春三月刮春风，
临州大地万物生。
"三项整治"大行动，
合乎民意顺民心。
书记县长发号令，
立说立行动了真。
动员、誓师鼓干劲，
循环宣传到乡村。
你看那，
环境卫生大整动，
村村社社齐响应。
街道装饰很认真，

广告牌匾齐崭新。
交通秩序搞得硬,
道路安全有保证。
暂不说,
"三项整治"争先进,
咱先说,
环境卫生面貌新。

在以前,
卫生观念很低调,
不少市民尽胡闹。
出门垃圾随便倒,
旮哩旮旯(死角)偷地尿。
养起那,
蝇子蚊子飞得高,
成群结队露绝招。
又是叮,又是咬,
传播疾病到处跑。
还有老鼠不显老,
知知吱吱嘴嘴巧。
黑间家(黑夜里),
被圪(虚词)筒里来回跳,
偷地咂烂避孕套。

还有那,
垃圾霉变味难闻,
看见就要发恶心。
熏上一天尽头疼,
黑间觉也睡不成。

臭味熏得圪熏熏，
心里冷得圪生生。
蚊子飞得扔扔扔，
蝇子飞得嗡嗡嗡。
老鼠抠得噌噌噌，
圪蚤（跳蚤）跳得蹦蹦蹦。
身上带的尽细菌，
扑开给你怀里冲。
如果遮盖不谨慎，
嘿嘿！给你染上艾滋病。

喜的是，
咱有好书记、好县长，
环境卫生早提倡。
到处设置垃圾箱，
千年垃圾一扫光。
宣传工作有力量，
句句说到心坎上。
为了咱们都健康，
人人都把卫生讲。
长效机制定规章，
惩防并举立红榜。
齐心打好这一仗，
定要让，
临县彻底大变样。

你看那，
不论男女和老少，
一心创卫齐步调。
拿着扫帚扛着镐，

一二三四像出操。
下决心，定目标，
完成任务往前超。
这里搞得很活跃（临县音 yào），
那里传来新捷报。
山清水秀人欢笑，
临县霎时变新貌。
乐得我心慌眼也跳，
不由得就想唱小调。

〔唱《社会主义好》曲调〕

三项整治好，三项整治好，
三项整治第一是卫生要搞好。
说得到，做得到，
立说立行立马就见实效。
全民动员大清扫，
要把那所有垃圾清理掉，
不留死角。

刘书记好，张县长好，
领导带头创卫人民斗志高。
说得到，做得到，
全县上下唱成了一个调。
各项措施都配套，
省级卫生城市要达标，
定要达标。
（还）创卫还要继续搞，
让临县呈现一片新面貌，
崭新面貌。（落板）

创作于 2011 年 10 月

人间自有真情在

（临县三弦书）

2012年7月，临县遭遇7·27特大洪灾，受灾面积达13个乡镇，房屋损毁无数，死亡4人，伤者众多。作者创作此作品并到救灾现场、赈灾捐款现场等处多次义演，得到了县委县政府及广大群众的一致好评。

坐诗：洪水卷起千重浪，
　　　救灾激情高万丈，
　　　怀抱三弦上"战场"，
　　　宣传自救创辉煌！

三弦一响怒满腔，
骂一声洪水你太嚣张。
干旱山区翻大浪，
临州大地成汪洋。
冲垮房屋冲塌墙，
冲走不少新楼房。
冲走牛，冲走羊，
圪狸（松鼠的一种）老鼠也无处藏。
一十三个镇和乡，
眨眼工夫变鱼塘。
洪水进家上了炕，
人都爬到脑畔（房顶）上。

只看见，
洪水冲走彩电和冰箱，
一浪打到河中央。
还有家具和衣裳，
爷爷家，
还有几根大桥梁。

有个支书张侯小，
组织抢险动手早。
党员干部把头挑，
村民代表跟上跑。
有的吼，有的叫，
有的就往水里跳。
这头看，那头瞧，
看见河里有人脑。
这个说：
"快快快，快快快，
赶紧把人往住拽。"
那个说：
"行行行，行行行，
不论如何先救人。"
这个说：
"赶紧捞，赶紧捞，
一把扯住他的脑。"
那个说：
"还有气，还有气，
啊呀呀！
这下救下他的命（临县音mì）。"

暂不说，
现场抢险救下命，
咱再说，
县委政府大行动。
书记县长发号令，
所有干部齐上阵。
单位定点包了村，
配套设施紧相跟。
有武警，有民兵，
各行各业献爱心。
哪里灾情最严重，
救灾物资门上送。
发电机，抽水泵，
排水抢险有保证。
几十万人把手动，
清理淤泥不费劲。
省市领导来慰问，
群众流泪太感动。
危难时刻见真情，
又来了不少捐款的人。

捐款的，
有干部，有老板，
慷慨解囊齐捐款。
你五千，他一万，
三百二百不间断。
临县一处有灾难，
八方支援排隐患。
团结一致事好办，
同舟共济人期盼。

　　　　文艺宣传要称赞，
　　　　我在这里唱小段。
〔唱《众人划桨开大船》调
　　　　一根筷子哟，轻轻被折断，
　　　　十双筷子哟，牢牢抱成团。
　　　　一个巴掌哟，拍也拍不响，
　　　　万人鼓掌哟，声呀声震天，声震天。
　　　　一加十，十加百，百加千千万，
　　　　你加我，我加你，
　　　　大家心相连。
　　　　你三百来我五百，
　　　　大家捐款来救灾，
　　　　哪怕洪水多厉害，
　　　　人间自有真情在！

　　　　我在这里唱小调，
　　　　乡亲们，
　　　　激动得把热泪抛。
　　　　虽然说，
　　　　党和政府是依靠，
　　　　但可是，
　　　　自救工作更重要。
　　　　擦干泪，直起腰，
　　　　灾后重建再赶超。
　　　　时刻听从党号召，
　　　　临州大地红旗飘。

　　　　　　　　　　创作于 2012 年 8 月

说说咱的新农村

(临县三弦书)

在党的十八大胜利闭幕之后,作者为了更好地宣传十八大精神,多次深入基层了解广大群众的所思所想,并将老百姓的真实感受编成他们喜闻乐见的临县三弦书加以宣传。此作品再现了中国农村在中国共产党的坚强领导下展现出来的崭新面貌。作者说唱此作品参加了山西省文化厅主办的"2012年山西省乡镇综合文化站文化员技能大赛",并荣获三等奖。此作品发表于《湫虹》2012年第4期。

弹三弦打竹板喜在心中,
庆祝党的十八大全民欢腾。
选出核心领导人顺应民心,
又是一个新起点精益求精。
中国特色社会主义继续延伸,
全面建成小康社会二〇二〇。
五个建设五为一体优化民生,
党的建设科学发展以人为本。
文艺宣传十八大光荣使命,
说说咱的新农村与时俱进。

那一天我去城里路过前村,
碰见一伙乡亲们正在议论。

这个说：
"党中央的十八大开得成功"，
那个说：
"胡总书记共讲了十二部分"。
这个说：
"四个建设又加了生态文明"，
那个说：
"二〇年小康社会将要建成"。
这个说：
"共产党对咱们农民有恩"，
那个说："共产党比亲娘还亲"。

此时候过来了张家大爷，
语重心长发表了他的意见：
"共产党为咱农民考虑全面，
近几年农民生活发生巨变。
农业补贴年年给农民补钱，
六十周岁就领上养老保险。
合作医疗为农民免费体检，
大病小病来不来都住医院。
救灾救济大病救助真情可见，
低收入户都吃低保月月兑现。
如今农民新生活盛况空前，
以后日子更美好比蜜还甜。"

大爷落音王大嫂接着开腔：
"咱们农村确实是变了大样，
村村通户户通硬化街巷，

建起图书阅览室免费开放。
家家吃上自来水安全保障，
路灯照得黑夜比白天还亮。
卫生所便民店品位高档，
健身器材安装在文化广场。
有线电视无线网络全球联网，
呱呱QQ唱歌聊天心情舒畅。"

话刚说完刘爱国往出一跳：
"我最关注国际新闻环球日报，
国富民强国破家亡咱都知晓，
国家大事农民也要认真思考。
中日之争钓鱼岛附属群岛，
世界目光全都在这里聚焦。
国家主权不容侵犯说到做到，
全球华人团结一致齐心保钓。

又是说，又是笑，
体现农村新面貌。
新农民，新头脑，
为国献力深思考。
十八大，传捷报，
再次吹响冲锋号。
全国人民齐步调，
五湖四海任改造。
十八大精神宣传得家喻户晓，
全面建成小康社会来得更早。

创作于2012年11月

生殖健康记心间

（对口三弦书）

2012年春季，临县计生局要举办一次生殖健康主题宣传活动，让作者和临县著名伞头王继平合说一段宣传生殖健康的三弦书，作者创作此作品并扮演甲、王继平扮演乙，到临县23个乡镇循环演出，起到了良好的宣传效果。

甲： 弹起了三弦卜楞楞地响，
乙： 这一回来的是你和我。
甲： 你姓王，我姓张，
乙： 我也要说书把徒弟当。
甲： 继平你是五虎将，
　　 唱起秧歌嗓子亮。
　　 吕梁山上名声大（临县音dàng），
　　 观众对你很欣赏。
　　 学说书怕你看不上，
　　 还不如，
　　 就把你的秧歌唱。

乙： 弹三弦，打竹板，
　　 咱临县的土特产。
　　 祖祖辈辈往下传，
　　 广大群众都喜欢。
　　 林峰兄弟不平凡，
　　 勤学苦练不怕难。

　　　　　学会唱，学会弹，
　　　　　常编段子搞宣传。
　　　　　光会唱秧歌太孤单，
　　　　　我也要学说书再登攀。

甲：　　　唱秧歌，说书文，
　　　　　都是宣传讲内容。
　　　　　你的秧歌能唱红，
　　　　　说书不学也能行。
　　　　　继平你的学问深，
　　　　　甚么（什么）事情也能说清。
　　　　　这两天我脑子闷，
　　　　　由不得就又要问。
　　　　　咱今下乡大行动，
　　　　　主要目的是来做甚？

乙：　　　计划生育早提倡，
　　　　　今天宣传又下乡。
　　　　　说快板，唱秧歌（临县音 gǎng），
　　　　　说书派上你和我。
　　　　　带的知识实在多（临县音 dǎng），
　　　　　听我慢慢给你讲。
　　　　　出生缺陷要预防，
　　　　　近亲结婚万不可（临县音 káng）。
　　　　　孕前检查不能忘，
　　　　　盲目生育没质量。
　　　　　孕期检查要跟上，
　　　　　每月医院要跑一趟。

夫妻卫生要保障，
不能邋遢太日脏（很不卫生）。
计生局，
宣传资料常发放，
乡亲们，
认真学习记心上。
人人参与献力量，
定要打好生殖健康这一仗。

甲：　说得对，说得好，
生殖健康要确保。
平日里，
咱们见面比较少，
今天和你细探讨。
听说伢儿王大宝，
找的对象条件好。
师范毕业有回报，
分配教书在学校。
花容月貌长得俏，
羡得你给裤里尿。
天底下也再难找，
怎么为甚又吹了？

乙：　因为咪儿（我儿）岁数侯（小），
考虑事情太不周。
看见小花长得奴（漂亮），
娘家还有几幢楼。
引上给我跟前走，

　　　　小花就把爹爹吼。
　　　　一声吼得我浑身擞，
　　　　就像喝醉茅台酒。
　　　　我又想，
　　　　条件再好也难接受，
　　　　小花妈，
　　　　和我还是亲姑舅。
　　　　近亲结婚走黑路（临县音lòu），
　　　　坚决杜绝要遵守。
　　　　咪儿他，
　　　　又迎的嫔子（媳妇）也不丑，
　　　　咪孙子如今刚会走。

甲：　　这些我也能理解，
　　　　确实是，
　　　　近亲结婚太危险。
　　　　你的二儿王小建，
　　　　说的嫔子叫小倩。
　　　　人样长得赛天仙，
　　　　亲戚和你不沾边。
　　　　刚要定婚初次见，
　　　　你就引上到医院。
　　　　都晓得你爱嫔子邪神显艳，
　　　　是不是你提前就掂了炒面？

乙：　　瞎拙不在年老少，
　　　　林峰兄弟你真失笑。
　　　　脑子太笨不开窍，

　　　　　这些知识也不知道。
　　　　　要想家庭更美好,
　　　　　婚前体检不可少。
　　　　　不光是,
　　　　　婚前体检认真搞,
　　　　　怀孕后,
　　　　　医院更要经常跑。
　　　　　生育知识常探讨,
　　　　　才能生出健康的小宝宝。

甲：　　　王兄知识实丰富,
　　　　　生殖健康学清楚。
　　　　　回去后,
　　　　　我和领导打招呼,
　　　　　给你把,
　　　　　工作重新来调度。
　　　　　把你调到妇产科,
　　　　　叫你接生当大夫。

乙：　　　时间有限水平浅,
　　　　　咱也不要扯得远。
　　　　　宣传主题抓重点,
　　　　　生殖健康记心间。
甲：　　　计划生育人称赞,
乙：　　　少生优生都精干。
甲：　　　如果生育不规范,
乙：　　　地球早叫人逼烂。
合：　　　生殖健康咱们要搞好宣传,
　　　　　计划生育结硕果光辉灿烂。

　　　　　　　　　　　创作于2012年4月

万众一心谋发展

（临县三弦书）

为了进一步推进党风廉政建设，临县纪律检查委员会于2013年6月在临县文化广场举办了"临县政风行风评议对话会"，要求贴近民生的数十个县直单位一把手必须到场，时任临县县委常委、纪委书记游福海如期参加。在对话会上，请广大群众把身边存在的一些矛盾问题直接反映给相应单位领导，并要求该单位领导现场给予解答。为了调节气氛，文化部门安排作者在对话会中现场说唱一段临县三弦书，作者创作了此作品，并到现场说唱，效果非常好。此作品发表于《湫虹》2013年第3期。

坐诗：国正人心顺，
　　　官清民自安，
　　　妻贤夫祸少，
　　　子孝父心宽！

弹三弦打竹板我面带微笑，
看咱的这对话会有多热闹。
开会中间插演出办法巧妙，
就好比是牛排上撒上调料。
自己脸上抹上黑很难看到，
别人提醒更能够尽快擦掉。
政风行风现场评议相互探讨，
人民群众积极参与个个说好。

今天来参会的人员不少，
有群众有干部也有领导。
民主评议对话会非常重要，
请大家深刻领会查看资料。
反映问题要实际摆出一套，
可不能想甚说甚凭空捏造。
出言吐语要讲究文明礼貌，
不要二马索圪垛（想啥说啥）让人耻笑。
领导表态一言九鼎说到做到，
肯定不会口是心非放了空炮。

打铁需要本身硬不是口号，
不良习惯绝对要彻底改掉。
掌权的再也没人吃拿卡要，
办事的再也不用磕头祷告。
做事情将心比心来回比较，
操好心办好事就终有好报。
再没人上访告状外头跑跳，
良好的发展环境共同创造。

党的路线就是好，
深入群众宝中宝。
服务人民深思考，
职能转变动头脑。
万众一心谋发展再掀高潮，
临县的小康社会来得更早。

创作于2013年6月

说说文化志愿者

（临县三弦书）

随着文化大发展的春风，山西省统一招聘一批乡镇综合文化站文化志愿者，临县的 23 个乡镇也各聘 1 名。在临县乡镇综合文化站文化志愿者汇报演出中，作者创作表演了此作品，一方面引导志愿者们更清楚地认识文化工作的方针路线，另一方面也表达了作者对他们的殷切希望。此作品发表于《湫虹》2016 年第 2 期。

弹三弦打竹板心里高兴，
乡镇综合文化站正式启动。
志愿者们下基层服务群众，
老百姓的文化生活更有保证。
他们个个都有着特殊水平，
就像我张林峰是根本不行。
如果说你有怀疑不太相信，
今晚上的这场演出就是见证。

志愿者们不光是艺术过硬，
更重要的是他们思想先进。
文艺为人民服务牢记心中，
为服务社会主义精益求精。
百花齐放争奇斗艳百家争鸣，
艺术路上不断改革推陈出新。
弘扬时代主旋律争当先锋，
引领文明新风尚身体力行。

文化艺术工作者也是医生，
潜移默化寓教于乐给人治病。
人类灵魂工程师肩挑重任，
举一反三体现出"三个贴近"。
极力歌颂真善美一呼百应，
坚决抨击假丑恶意志坚定。
引导人们明辨是非黑白分明，
准确判断香花毒草净化心灵。

打铁需要本身硬道理最真，
志愿者们重艺术更重品行。
好人品才能有好的作品，
做事情首先要问问良心。
爱祖国爱家乡更爱亲人，
对社会一定要学会感恩。
共同的目标是祖国复兴，
为建成小康社会再立新功。

咱们要，
摇旗呐喊鼓干劲，
歌功颂德赞英雄。
文化队伍做标兵，
艺术事业献青春。
志愿者们怀豪情奋斗不停，
登上历史光荣榜千古留名。

创作于 2013 年 9 月

共塑家乡好形象

（临县三弦书）

自临县开展"感恩家乡、热爱家乡、建设家乡"大行动以来，各行各业、各界人士都在用不同的方式表达对家乡的感恩与回报。作者认为塑造家乡好形象也非常重要，所以创作了此作品，用喊口号的形式引导广大群众共塑家乡好形象。此作品发表于《湫虹》2015年第4期。

弹三弦打竹板喜在心中，
喜的是又见到了父老乡亲。
见到了乡亲们心里高兴，
咱再把这三弦书说上一阵。
要问我今天给大家说甚？
感恩、热爱、建设家乡加油鼓劲。
引导咱们先进者积极响应，
教育那些落后的立即纠正。

回报家乡体现在各个方面，
每个人都有着不同理解。
感恩家乡不一定只是捐献，
树立家乡好形象更是关键。
热爱家乡不光是表态发言，
多为家乡做贡献考虑周全。
建设家乡更不能空话连篇，
实际行动来证明才是重点。

自古道物以类聚人以群分，
身份不同地位不同三六九等。
感恩家乡热爱家乡比较笼统，
建设家乡更没有个统一标准。
有权有钱回报家乡各尽所能，
普通群众只能是内心感恩。
有损家乡咱不做倡导文明，
共塑家乡好形象身体力行。

出言吐语要讲究文明礼貌，
一行一动重形象非常重要。
再不要在大街上乱贴广告，
生活垃圾也不能随处乱倒。
老弱病残多帮助终有好报，
见义勇为不能让坏人跑掉。
最讨厌的大街上随处撒尿，
低级下流不要脸让人耻笑。

人常说做人要有道德底线，
不能叫大多数人说你讨厌。
少数人发了财人格转变，
包二奶养小三来回哄骗。
更有人常上网迷上网恋，
跌烂包（露馅）的婚外情也不少见。
又有多少失足者不听人劝，
稀里糊涂见到了"牛头马面"。

感恩家乡热爱家乡不难理解，
建设家乡更是要作为重点。

专题宣传都经过精挑细选,
刚才说的也没有扯得太远。
知荣辱明黑白树立观念,
香花毒草一定要认真分辨。
回报家乡是咱的共同心愿,
携手并肩为家乡多做贡献。

感恩家乡记心上,
热爱家乡永不忘。
建设家乡献力量,
胜利凯歌到处唱。
人人争做好榜样,
共塑家乡好形象。
临县儿女手拉手乘风破浪,
树立临县一面旗咱的愿望。

创作于2013年11月

上访户改行

(临县三弦书)

提到上访,不少人会感到头疼,因为在现实生活中存在着太多的缠访、闹访、非访和上访专业户。他们严重影响社会和谐并制约家乡发展,此作品意在引导人们告别缠访、闹访、非访,同时也体现了文艺宣传工作的力量所在。此作品发表于《湫虹》2016年第4期。

弹起了三弦定好音,
说上一段书文大家听。
有位大嫂叫巧林,
为人处事耍聪明。
眼里从来没别人,
就是觉得她日能。
不种地,不打工,
投机取巧动脑筋。
为了早日能致富,
成了上访专业户。
先到乡,后到县,
市委书记常想见。
省里去了几十遍,
还到过中央国务院。

这一天,
巧林要进政府门,

出来一个年轻人。
"哎！请问你是要做甚？
请出示一下身份证。"
巧林一听好心恼，
说："哪里来的这件宝。
我是要见大领导，
没空和你瞎圪搅（胡搅蛮缠）。"
年轻人，微微笑：
"看来你是不知道。
我是门卫叫喜照，
有甚事？
来我给你去通报。"

巧林就像发了疯，
三叉两步往里冲。
人家喜照很认真，
一把扯住不放松。
巧林破口就伤人，
娘娘婕婆（外婆）骂不停。
两个人就像是拍电影，
演开了"三打白骨精"。

巧林往下定巧计，
摇脑卜来（摇头晃脑）眼合地。
死皮赖脸往下睡，
嚎哇哭叫眼流泪。
真是撕心又裂肺，
就像往下跌心垂（掉心脏）。

吐顽痰，稀鼻涕，
装死卖活闭住气。
"你不叫我见书记，
娘娘和你跌（开）武戏。"

喜照拽住不往开撂，
巧林"追"地往起跳。
又是抠，又是咬，
就用脚踢圪垛（拳头）捣。
急中生智动头脑，
阴谋诡计耍嘴巧。
普通话她说不了，
早言二啦（打官腔）想讨好。
喜照说：
"少给我来这一套，
一会给你戴手铐。
今天送你去帮教，
要叫你脑子开开窍。"

帮教所，
巧林住了十几天，
继续上访不要脸。
这一天，
巧林有事回临县，
路过咱的电影院。
抬起头来看一遍，
一排红字很显眼。
（白）写的是：
临县"感恩家乡，热爱家乡，建设家乡"

专场晚会,
免费领票不用排队。
巧林想:我对文艺特殊喜爱,
咱也里圪(进去)看个好赖。走!

巧林她,
对号入座进了场,
人家拍手她鼓掌。
这场晚会真高档,
主题鲜明该夸奖。
有舞蹈,有合唱,
舞姿优美嗓子亮。
语言节目把方向,
真是一浪推一浪。
感恩家乡记心上,
热爱家乡永不忘。
建设家乡献力量,
人人争做好榜样。
巧林她,
眼里看,心里想,
唉!看来我这该"下岗"。
从今以后要"改行",
再也不能去上访。
我也要,
学得扭、学得唱,
回报家乡献力量。
还要投奔一下张局长,
下乡时叫引上我。

我就跟上张林峰,
叫把我,
编成段子说书文。
就说我,
原来是个糊涂虫,
观看了,
一场晚会变聪明。
如今"改行"闹了文,
自我批评教育人。
咱和家乡心连心,
建设家乡献终身。

建设家乡多方面,
思想教育很关键。
人人都有新观念,
家乡面貌大改变。
文化战士有心愿,
多为家乡做贡献。
精神食粮如充电,
团结群众一大片。
感恩家乡热爱家乡旗帜鲜艳,
建设家乡打造一个新的临县。

创作于 2015 年 11 月

反邪教

（临县三弦书）

邪教是一种危害社会的非法组织，它具有明显的反科学、反人类、反社会、反政府性质。作者创作此作品来告诉人们一定要认清邪教组织的真实面目，并做到远离邪教、反对邪教、打击邪教，彻底切除这颗和谐社会的"毒瘤"，共创和谐文明的新家园。此作品收录于《反邪教宣传秧歌三弦书选编》。

弹三弦打竹板观众请听，
说一说邪教组织迷信害人。
传播谣言反社会破坏家庭，
经常说是世界末日即将来临。
不用生产不用种地不用劳动，
诚心祷告有吃有喝有神照应。
打听谁家有事端有了灾情，
主动上门来"接济"传播"福音"。
"只要你诚心祷告早晚念经，
万事自有神相助定能成功。"
曾经有人劝说我加入"法门"，
反而是我说服他告别"真神"。

有一天，
我在家里编书文，
小军进了我家门。
还没等我开口问，

他就给我说来因。
他说是：
"世界末日要来临，
大地要被天火焚。
我来给你传'福音'，
救你逃生出火坑。
赶快跟我进'法门'，
它能给咱保安宁。
早念经，晚念经，
方舟接咱上天庭。
坐在家里不用动，
一切自有神照应。
神会叫你变聪明，
什么事也能办成。
如果这话你不听，
魔鬼要上你的身。
到时候你罪不轻，
要下地狱十八层。
挖心割肺受酷刑，
再不能投胎去转生。"

我听见这话不对劲，
小军为何这反应？
平日里，
小军为人很本分，
时时刻刻争先进。
对党对国都忠诚，
脱贫致富当先锋。

如今他，
一反常态信鬼神，
肯定是，
有人背后扇阴风。
我要劝他快清醒，
叫他再不要做升天梦。
我说是：
"你这后生竟胡闹，
啊哩（哪里）听得这一套？
科技不断在提高，
人类生活会更好。
不法分子尽造谣，
常说地球要火烧。
非法组织搞邪教，
他们最终没好报。
即使灾难真来到，
只有政府最可靠。
遇事三思动头脑，
认清黑白深思考。
远离邪教路一条，
违法犯罪要坐牢。"

小军说：
"人家说得很清楚，
宗教有，
国家法律来保护。
诚心信神神照顾，
有甚事，

神会暗中来相助。
孩们不用上学去,
农民不用去种地。
不吃面,不吃米,
照样有个好身体。
一日三餐喝凉水,
神会送钱到家里。
就是感冒生了病,
不用医院看医生。
不吃药,不打针,
磕头祷告快念经。
只要你相信了万能的神,
心想的事都能办成。"

我又说:
"把你小军糊脑熊(糊涂虫),
中毒中得实在深。
新世纪的年轻人,
怎么还是死脑筋。
万事科学为先行,
实事求是好生存。
这些道理你全懂,
还信天上掉馅饼?
有病不去看医生,
祷告念经能治病?
你的脑子不算笨,
啊哩有这可能性。
不吃面,不吃米,

饿得跌倒爬不起。
不生产，不种地，
没啦（没有）粮食吃个屁！
他们是，
邪教组织黑心肺，
装神弄鬼反人类。
死不悔改铁心垂，
好比茅石板上睡。
在当前，
你还只是被蒙骗，
及早回头是关键。
如果不听好人劝，
就此下去太危险。"

说得小军脸发青，
好像大难将来临。
慌忙说：
"都说你是聪明人，
赶快给我定章程。
他们教派有规定，
不准退出只能进。
教会头目太狠心，
杀人放火罪不轻。
死我一个些不要紧，
我是怕连累了全家人。"

我说："小军不要怕，
咱有政府来保驾。

反邪教，
全国上下都在搞，
咱先去找村领导。
再到政府去报告，
把他们，
邪教组织全打掉。
咱还要，
告诉全村众老少，
人人参与反邪教。
倡导文明高情操，
构建和谐掀高潮。"

说得小军开口笑：
"嘿！还是你的办法妙，
不是你对我开导，
唉！我也少不了受改造。
从今后，
我要重新走正道，
告别'真神'打头炮。
邪教害人真不少，
打击工作认真搞。
文艺宣传办法巧，
我也参与乡下跑。
以身说法动头脑，
要让大家都知晓。
全民动员反邪教，
小康社会早来到。"

刚才我把反邪教说了一段，
动员社会反邪教全民参战。
碰上邪教要做到不听不看，
还要政府去报告行动果断。
万众一心反邪教真抓实干，
切除这颗社会"毒瘤"定时炸弹。
同时警告失足者回头是岸，
社会安定是我们的共同期盼。
水平有限表达得很不圆满，
说得不好还希望大家喜欢。

创作于2016年12月

体检

（对口三弦书）

随着公共卫生健康服务的进一步普及，各乡镇卫生院每年都要不定期地组织几次进村健康体检服务，这是一件大好事。但是，很多人不了解健康体检的重要性，甚至有人以讹传讹地说："化验时所抽的血都让医生们卖了钱了"，体检虽然是免费，但是还有一部分群众不愿意接受体检。作者创作此作品来宣传体检的重要性，同时也宣传孝老爱亲，并由作者扮演甲，他的恩师康云祥扮演乙，下乡宣传数十次，得到了政府和群众的一致好评。此作品发表于《湫虹》2015年第1期。

甲： 弹三弦拉二胡笑容满面，
乙： 利用文艺搞宣传再做贡献。
甲： 看全球龙虎斗风云巨变，
乙： 咱中国搞改革旗帜鲜艳。
甲： 照镜子正衣冠找准缺点，
乙： 洗洗澡治治病摘掉鬼脸。
甲： 认真贯彻党中央的群众路线，
乙： 早日实现中国梦是咱的心愿。
甲： 赞先锋树榜样精挑细选，
合： 先说乡镇卫生院下乡体检。

甲： 说的是，
清明刚过刮春风，
乙： 一夜春雨天放晴。

甲：　　　太阳出山六点钟，
乙：　　　健康体检进了村。
甲：　　　检查全面又细心，
乙：　　　免费服务众乡亲。
甲：　　　有的群众很响应，
乙：　　　听到通知就行动。
甲：　　　有人反应很迟钝，
乙：　　　认为体检不顶用。
甲：　　　前村里就发生过一件事情，
合：　　　说一说，
　　　　　春生劝父亲的转变过程。

甲：　　　我的名字叫春生，
　　　　　咪爹（我爹）一贯死脑筋。
　　　　　健康体检进了村，
　　　　　咪爹他，
　　　　　主动体检不可能。
　　　　　还得我把他说通，
　　　　　劝他体检快动身。
　　　　　来到院里不见人，
　　　　　吼得叫他快开门。
甲：　　　爹！
乙：　　　噢！
甲：　　　咱乡里，
　　　　　卫生院的进了村，
　　　　　免费体检很细心。
　　　　　爹你一贯肯（经常）头昏，
　　　　　叫看一下是甚原因。

乙：　　　　唉！爹爹七十已开外，
　　　　　　有点毛病也不为怪。
　　　　　　人老谁也不喜爱，
　　　　　　有病不治叫死得快。
　　　　　　一来给我免了罪（临县音zuài），
　　　　　　二来给伢（你们）除了害。

甲：　　　　哎！话可不能这样讲，
　　　　　　你更不能这地想。
　　　　　　党和国家早提倡，
　　　　　　孝敬老人新风尚。
　　　　　　最低生活有保障，
　　　　　　养老金也早领上。
　　　　　　该夸奖的王院长，
　　　　　　带队下乡送健康。
　　　　　　现如今，
　　　　　　全国一片新气象，
　　　　　　你的这想法可不应当。

乙：　　　　国家对咱尽可以，
　　　　　　群众心里都欢喜。
　　　　　　人老生病爬不起，
　　　　　　免不了拖累儿和女。
　　　　　　儿女多的能顶替，
　　　　　　轮得伺候到跟底（跟前）。
　　　　　　爹爹就是有个你，
　　　　　　你还没啦个好身体。
　　　　　　不如我早些咽了气，
　　　　　　咪孩也不用受拖累。

甲： 哎！这每个人，都会老，
　　　孝敬老人是传家宝。
　　　家有"活佛"顶上庙，
　　　好人自然有好报。
　　　你要亲我多关照，
　　　身体健康最重要。
　　　要想你的身体好，
　　　健康体检不能少。
　　　眼看时间已不早，
　　　快些走，
　　　去得迟了可怕误了。

乙： 唉！我是老了瞎咛喃，
　　　你说咋办就咋办。
　　　锅里正在煮鸡蛋，
　　　咱先吃了早起饭。

甲： 哎！那不行，那不行，
　　　吃了饭就检不成。
　　　穿好衣裳锁住门，
　　　赶快体检就动身。

合： 父子二人紧厮跟，
　　　体检现场找医生。

甲： 村委就在路对面，
乙： 不多一阵进了院。
甲： 春生他爹抬头看，
乙： 哟！这全村人都来体检。
　　　又B超，又化验，

　　　　　抽血抽的一点点。
　　　　　上门服务真方便，
　　　　　全是免费不收钱。
　　　　　如果有病早发现，
　　　　　省得病重住医院。

甲：　　还有件事要称赞，
　　　　王院长他更能干。
　　　　免费体检还不算，
　　　　还要给咱建档案。
乙：　　咱要配合不怠慢，
　　　　定期检查不间断。
　　　　身体健康人人盼，
　　　　谁也不想有病患。
合：　　体检完父子二人回家吃饭，
　　　　激动得在半路上唱起小段。
　　（唱）党的政策暖人心，
　　　　　健康体检到农村，
　　　　　万众一心齐响应，
　　　　　及早预防不生病。

　　　　　不吃药来不打针，
　　　　　男女老少有精神。
　　　　　搞改革来搞稳定，
　　　　　早日实现中国梦。
　　（还）早日实现中国梦。

　　　　　　　　　　创作于2016年4月

民声民意

（临县三弦书）

自党的群众路线教育实践活动开展以来，临县县委县政府高度重视，紧紧围绕保持和发展党的先进性和纯洁性，以"为民、务实、清廉"为主题，按照"照镜子、正衣冠、洗洗澡、治治病"的总要求，自上而下在全县深入开展活动。作者创作此作品来大力宣传党的群众路线教育实践活动，使之家喻户晓。此作品发表于《湫虹》2014年第3期。

弹三弦打竹板唱起小调，
利用文艺搞宣传非常重要。
党中央向全国发出号召，
贯彻党的群众路线必须见效。
分批推进认真学习党刊党报，
先进人物焦裕禄是咱的参照。
照镜子正衣冠改变面貌，
洗洗澡治治病把毒素排掉。
踏石留印抓铁有痕说到做到，
谁也不敢口是心非放了空炮。

这一天，
太阳出山微微笑，
喜鹊枝头喳喳叫。
桃杏花花开得俏，
报知春天早来到。

勤劳的人们起得早，
迎着朝阳地里跑。
今年春雨真不少，
秋里肯定收成好。
特别是，
党对农民偏关照，
惠农政策搞配套。
年年起来传捷报，
脱贫致富见实效。
忽听见，
支部书记张奴小，
通知说：
"咱村要来大领导。
群众路线党的宝，
今年更要认真搞。
全体党员众代表，
来村委咱认真学习细探讨。"

党员干部觉悟高，
不多一阵都来了。
问声支书张奴小：
"这是哪位大领导？"
奴小说：
"这是市委郝书记，
体察民情听民意。
党员干部都考虑，
每人每人说几句。"
郝书记，

怀里掏出笔记本，
字字句句记得清。
大家提议都用心，
郝书记他听得很认真。

老党员，张世昌，
首先提议开了腔。
老张说：
"提起咱的共产党，
处处为咱群众想。
依靠群众记心上，
服务群众献力量。
现如今，
全国一片新气象，
党的这恩情可不能忘。"

年轻党员高绳勤，
平时最爱看新闻。
绳勤说：
"中央多次发号令，
反腐倡廉抓得硬。
打老虎，拍苍蝇，
打倒不少害人虫。
搞节约，反四风，
扫黄打黑动了真。
中央领导下基层，
解民忧来访民情。
群众路线得民心，

认真贯彻不放松。
咱中国,
团结一致一股劲,
早日能实现中国梦。"

此时站起王月爱,
积极发言也表态。
"这社会进入新时代,
难免有人搞腐败。
关键是,
知错就要改得快,
不能思想光倒退(临县音 tuài)。
照上镜子来整改,
正正衣冠会更帅。
还有人,
党的政策不执行,
歪嘴和尚念歪经。
明知错误不改正,
就得洗澡治治病。
轻微的党内受处分,
严重的应该把监狱进。"

村委委员郝小莲,
此时轮上她发言。
小莲说:
"咱也不用扯得远,
围绕农村说几点。
今年村委又换届,

希望能有新局面。
选人用人新观念，
再也不敢瞎煨炼（盲目蛮干）。
不要买票再花钱，
不叫群众受蒙骗。
还有的，
占用耕地乱修建，
谁也不管不露面。
广大群众有心愿，
只希望，
党的这政策能兑了现。"

你三句，他两句，
都是民声和民意。
郝书记，
用心听，用心记，
不断点头还鼓励。
当时我也在跟底，
感动得能流下泪。
回去一夜没啦睡，
一段书文就编起。
今日下乡到贵地，
文艺宣传卖力气。
刚才说的是第一关民声民意，
等我编下第二关了咱再欢聚。

创作于 2014 年 5 月

圆梦

（临县三弦书）

走出大山脱离贫困是多少青年人的梦想，如果能考上大学、又能在省城找到一份满意的工作，还会有人回到贫困的山区吗？有！临县就有一对大学生情侣，大学毕业后放弃城市优越的生活，回到家乡临县在兔坂镇办起了临县新世纪职业技术学校，专职培训新型职业农民，以此来带领家乡人民共同致富。作者创作此作品意在引导更多的家乡才俊返乡创业，为临县的脱贫攻坚贡献一份力量。此作品荣获"纪念红军长征胜利80周年和中国共产党建党95周年暨吕梁市第七届戏剧剧本、小戏小品、曲艺、歌词征文评奖"曲艺类三等奖。此作品发表于《湫虹》2015年第2期，入选《吕梁市2014—2017年优秀文艺作品选集》。

说的是，
夏日炎炎六月天，
大学毕业在眼前。
这天晚上月正圆，
公园里，
来了一对小青年。
女的是，
中等身材白脸脸，
樱桃小口花眼眼（双眼皮）。
连衣裙子高跟鞋，
乌黑头发披在肩。
她的名字叫小莲，

就像仙女下凡间。
男的他,
名叫大山有志愿,
要让家乡面貌变。
为了梦想能实现,
刻苦学习创条件。
这二人,
老家全都在临县,
青梅竹马进学院。
只因为失去了共同理念,
今晚上要分手最后见面。

只见那,
小莲开口说大山:
"你这脑子太简单,
咱临县,
十年就有九年旱,
还有一年是水患。
年轻人,
外面创业把钱赚,
家里面,
不是妇女就是老汉。
自古人贫志就短,
形成恶性大循环。
临县人口六十万,
到现在,
解决不了吃和穿。
咱好不容易到太原,
你却又要把乡返。

一心要,
把那贫穷来扭转,
你可知,
这比登天还要难。
如果你,
执意回乡谋发展,
那咱就,
棒打鸳鸯各自散。"

一番话,
说得大山怒冲冠,
双眼湿润泪光闪。
"小莲呀,
咱们两家不太远,
我的情况你了解。
想当初,
为了让我进学院,
全村老小都挂念。
没学费,
逼得我爹四处借,
全凭了,
全村乡亲来周旋。
老支书他没现款,
卖了他的棺材板。
临走时,
全村老小村口站,
盼望我,
完成学业把村还。
带领群众谋发展,

脱贫致富攻难关。
就算家乡是刀山,
我也要,
鼓足勇气去登攀。
小莲你,
不该和我把脸翻,
你让我觉得好心寒。"

说得小莲左右难,
再次开口劝大山:
"大山呀,
回报家乡多方面,
何必非要回临县。
要把家乡来改变,
先给自己充足电。
凭你聪明又能干,
走到哪里也人称赞。
瞅准目标大发展,
不几年,
你也成了大老板。
到时候,
再往家乡临县返,
带上资金提现款。
村里修起敬老院,
家家户户发白面。
让咱临县面貌变,
梦想才能兑了现。
现如今,
咱们学校刚毕业,

闯荡社会没经验。
知识不能变成钱,
梦想肯定难如愿。
大山你可要有远见,
趁早些,
改变想法旧观念。"

大山泪花润湿眼:
"小莲呀!
我的梦想你要理解。
近几年,
中央多次发文件,
三农问题为重点。
咱的文化都不浅,
应该是,
走在政策最前沿。
共同富裕梦实现,
思想转变是关键。
咱们要,
甘当农村领头雁,
带头树立新观念。
团结大家连成片,
共同开拓新世界。
自古人勤地不懒,
土地就是刮金板。
整合资源搞流转,
办合作社放开胆。
农业合作人喜欢,
政府补贴拨专款。

技术创新攻尖端，
经济收入再翻番。
咱们取长来补短，
不足之处往上赶。
到时候，
形成农业产业链，
带动家乡面貌变。
家家富裕都有钱，
咱的梦想就兑了现。"

小莲说：
"不能想得太简单，
嘴说容易实做难。
早日致富人人盼，
就是不知该怎办。
你说是，
你要回村去发展，
脱贫致富树典范。
你曾想，
群众对你怎么看，
是不是同意跟你干。"

大山他，
听见此话露笑脸，
字字句句意志坚。
大山说：
"咱村今年又换届，
肯定会有新局面。
老支书，
打来电话好几遍，

让我回村是心愿。
乡亲们，
对我大山很了解，
都认为我是首选。
所以说，
咱们应有新打算，
带领大家好好干。
凝聚力量谋发展，
脱贫致富攻尖端。
为了梦想去实战，
美好的明天更灿烂。"

小莲说：
"以前是我旧观念，
对你的，
想法还是不理解。
为了咱的梦实现，
我的思想也转变。
回去后，
到群众中去锻炼，
服务人民做贡献。
人人树立新观念，
中国梦定能早实现。"

再看大山和小莲，
手拉手来肩并肩。
情投意合结良缘，
小康日子比蜜甜。

创作于2014年5月

计生的春天又来到

(对口三弦书)

"单独二孩"政策是 2014 年中国实行计划生育的一项新政策,即允许一方是独生子女的夫妇生育两个孩子,山西省于 2014 年 5 月 29 日起正式实施这项政策。为了更好地宣传这一政策,吕梁市卫生局要求临县卫生局创作一个以"单独二孩"政策为主题的临县三弦书作品,先由作者和他的恩师康云祥创作了一段《说计生》,后又经时任临县卫生局局长高恩奎修改把关而成了此作品。定稿后,作者扮演甲、康老师扮演乙,到临县电视台录制并报送了市卫生局,临县电视台也曾多次轮番播放,起到了很好的宣传效果。

甲: 弹三弦拉二胡欢天喜地,
乙: 咱再把基本国策说上几句。
甲: 中国的人口普查进行统计,
乙: 人口数量上升到十三四亿。
甲: 中华儿女讲文明深明大义,
乙: 四十年来计划生育井然有序。
甲: 统筹人口数量素质结构关系,
乙: 统筹人口资源环境发展经济。
甲: 促进人的全面发展总体考虑,
乙: 促进家庭幸福和谐落实到位。
甲: 生育又有新政策大家注意,
合: 接下来咱详细说明举上一例。

甲：　　　说的是，
　　　　　有个后生叫小军，
乙：　　　常年太原去打工。
甲：　　　妻子名叫李小红，
乙：　　　夫妻恩爱好家庭。
甲：　　　一个女儿叫彩云，
乙：　　　今年正轮上初中。
甲：　　　小军对党很忠诚，
乙：　　　遵纪守法好公民。
甲：　　　计生国策更响应，
乙：　　　早领了，
　　　　　"独生子女光荣证"。
甲：　　　这一天，
　　　　　小军突然回了村，
乙：　　　进门来，
　　　　　先把妈妈叫一声：
甲：　　　"妈！"
乙：　　　"噢！"
甲：　　　"这几年，
　　　　　我到太原去打工，
　　　　　家里就你一个人。
　　　　　不能身边来照应，
　　　　　实在是叫我不放心。"
甲：　　　他妈说：
乙：　　　"党对农村偏关照，
　　　　　农民增收见实效。
　　　　　只因为，

妈是独生子女户，
政府对咱偏照顾。
每月八十发补助，
还常上门来服务。
'第二春'检查年年搞，
上门慰问也不少。
妈妈岁数已不小，
健康幸福活到老。
等我上了七十岁，
养老院里也能去。
地方政府有待遇，
每月有，
五百元的养老扶助费。"

乙： 小军说：
甲： "计生服务贴民心，
回应关切众乡亲。
妈！"
乙： "噢！"
甲： "这几天我有个空，
要找咱的村主任。
出具证明介绍信，
我也要，
办个二孩准生证。"

甲： 小军这话一出口，
慌得他妈就摆手。
乙： "咱家是，

计生家庭已很久，
思想不能倒着走。
妈妈就生一个你，
'光荣证'我早领取。
享受优待多方位，
还领了，
五千元的大奖励。
如今你，
要生二孩写申请，
先要退，
你们领的'光荣证'。
退了证，退奖金，
连本带利一次清。
咱临县，
计生服务很诚心，
就恐怕，
出门在外有区分。"

乙：　　小军说：
甲：　　"流动人口也一样，
均等服务能跟上。
咱们要，
优生优育高质量，
孕前和，
孕期检查不能忘。
孕前身体要健康，
孕期不能缺营养。
免费体检十九项，

风险评估记心上。
'居住证''婚育证',
凭证办事起作用。"

甲： 说得他妈面带笑,
乙： "小军呀,
还有件事很重要。
前村有个刘二嫂,
生下了,
一个女儿叫灵巧。
可是她,
国家政策不知道,
重男轻女老一套。
她害怕,
二胎目的达不到,
再生三胎脸害臊。
为了把个男孩要,
到处磕头又祷告。
后来总算怀孕了,
不敢到,
正规医院去Ｂ超。
黑诊所,瞎捏造,
说是女孩要打掉。
刘二嫂,欠思考,
吃苦受罪真不少。
为生男孩尽胡闹,
丢人败兴人耻笑。"

乙：　　　　小军说：
甲：　　　　"黑诊所，太可恨，
　　　　　　非法行医害人命。
　　　　　　生男生女都平等，
　　　　　　利害我们已认清。
　　　　　　如果说，
　　　　　　性别比例失平衡，
　　　　　　人类恐怕难生存。
　　　　　　不少男人打光棍，
　　　　　　社会肯定不安定。
　　　　　　计生局，
　　　　　　主题宣传经常搞，
　　　　　　我常学习细探讨。
　　　　　　学的知识真不少，
　　　　　　放心吧，
　　　　　　这些错误了我犯不了。"

甲：　　　　小军妈，
　　　　　　听完这话露笑脸，
乙：　　　　"嗯！咱也不要扯得远。
　　　　　　我问你，
　　　　　　是不是政策有转变，
　　　　　　放开二胎无条件？
　　　　　　你生二胎是自愿，
　　　　　　还是有甚不方便？
　　　　　　了解政策要全面，
　　　　　　可不敢碰上'高压线'！"

乙：　　　小军一听眼一睁，
　　　　　又把妈妈叫一声。
甲：　　　"妈！"
乙：　　　"噢！"
甲：　　　"十八届，
　　　　　三中全会作决定，
　　　　　其中对，
　　　　　生育政策有调整。
　　　　　如果说，
　　　　　夫妻一方为独生，
　　　　　审批后，
　　　　　要生二孩也能行。
　　　　　山西省，
　　　　　实施细则已制定，
　　　　　咱也要，
　　　　　提前准备早行动。"
甲：　　　小军妈妈点头笑，
乙：　　　"还是这，
　　　　　年轻人们有一套。
　　　　　党的政策早知道，
　　　　　照章办事有参照。
　　　　　如果能把二孩要，
　　　　　计生的春天又来到。"

乙：　　　小军说：
甲：　　　"党的话，咱要听，
　　　　　这点妈妈请放心。
　　　　　眼看下午四点钟，

	咱先到，
	主任家里开证明。"
	说也说，就动身，
乙：	母子二人紧相跟。
合：	接下来又发生了什么事情，
	下一关书文再细说分明。

创作于 2014 年 6 月

把关

（临县三弦书）

2014年，为了更好地宣传"单独二孩"及相关政策，作者和他的恩师康云祥在创作临县三弦书《说计生》和《计生的春天又来到》的同时还创作了很多作品，此为其中的一篇。说唱时由作者扮演甲，康老师扮演乙。

甲：弹三弦拉二胡欢天喜地，
乙：咱再把基本国策说上几句。
甲：中国的人口普查进行统计，
乙：数据已上升到十几个亿。
甲：中华儿女讲文明循规蹈矩，
乙：四十来年计划生育井然有序。
甲：中国国情未改变值得注意，
乙：要研究新方案相互代替。
甲：统筹人口数量素质结构关系，
乙：统筹人口与资源发展经济。
甲：人口的均衡发展完善控制，
乙：创造一个社会进步良好形势。
甲：计划生育省人大修订条例，
合：咱们要落实执行理解万岁。

甲：一胎化优先优待独生子女，
乙：有的家庭"光荣证"已经领取。
甲：党的政策历来是合情合理，

乙：　　　特殊情况生二孩相对允许。
甲：　　　原则是优生优育进行审批，
乙：　　　流动人口也不能放了"野鸡"。
甲：　　　有些群众有意见不太满意，
乙：　　　怀疑领取"准生证"利用关系。
甲：　　　咱用文艺搞宣传反映实际，
合：　　　真名真姓给大家举上一例。

甲：　　　说的是，
　　　　　临县西首丛罗峪，
　　　　　有个后生孙双喜。
　　　　　没有男孩一个女，
　　　　　夫妻两口常拌嘴。
　　　　　双喜倒是很讲理，
　　　　　他说是，
　　　　　一个女儿也可以。

乙：　　　老婆名叫张拖弟，
　　　　　没有男孩常生气。
　　　　　对男人，有怀疑，
　　　　　是不是对我不稀奇。
　　　　　浪费资源摊生意，
　　　　　可不能忘了根据地。

甲：　　　有一天，
　　　　　双喜下工回家里，
　　　　　老婆又把眼翻起。
乙：　　　"唉！把你双喜倒运鬼（灰鬼），
　　　　　脑子里头进了水。

扬天诈武（傲气十足）脑担起，
晓不得伢爹（你爹）是老几。
四十来岁一个女，
好像云里没啦雨。
女儿要是嫁出去，
肯定只顾亲女婿。
咱又没啦好身体，
我看老来谁管你。"

甲：　　双喜说：
"孩家妈的你消消气，
解决这事很容易。
政府早就给奖励，
奖金是五千元人民币。
咱要上了六十岁，
每月都给扶助费。
一旦生活难自理，
五保待遇供养你。"

乙：　　拖弟说：
"那些待遇我不要，
自种自收才可靠。
我不是无理来取闹，
省里的条例要参照。
咱俩都是独生苗，
符合'生育调节'十一条。
我要再生去申报，
你快给咱写材料。"

甲：　　双喜说：
"我看你是瞎倒运（盲目蛮干），

　　　　　叫我丢人又败兴。
　　　　　咱已经，
　　　　　领了'独生子女光荣证'，
　　　　　这阵再生算个甚？"
乙：　　拖弟说：
　　　　　"说你无能真无能，
　　　　　我觉见这不丢人。
　　　　　咱也不用再光荣，
　　　　　退了证，
　　　　　外地打工出远门。"
甲：　　双喜说：
　　　　　"你倒想得很容易，
　　　　　奖金也得退回去。
　　　　　享受了五千人民币，
　　　　　应该连本带上利。
　　　　　即便打工到外地，
　　　　　到哪里，
　　　　　居住领证也要登记。
　　　　　怀孕前要检查你，
　　　　　各方面都要摸了底。
　　　　　若是怪胎和残废，
　　　　　绝不能叫他来人世。"
乙：　　拖弟说：
　　　　　"看来是你说得对，
　　　　　应该退的咱全退。
　　　　　怀错胎，养下怪，
　　　　　迟早还是咱的害。

　　　　　　即便流动到门外，
　　　　　　'居住证'要随身带。
　　　　　　你的思想进步快，
　　　　　　哟！你怎么越来越可爱。"
甲：　　　双喜说：
　　　　　　"为人来到尘世上，
　　　　　　不敢无理瞎煨烫（盲目蛮干）。
　　　　　　计生局，
　　　　　　把关口来指方向，
　　　　　　树立学习的好榜样。
　　　　　　学得个曲曲咱也唱，
　　　　　　准备发挥正能量。"
乙：　　　拖弟说：
　　　　　　"计生局你经常跑，
　　　　　　咱也变得更加好。
　　　　　　人家的，
　　　　　　学习资料很不少，
　　　　　　文件杂志能参考。
　　　　　　不理解的问领导，
　　　　　　热情解答不烦恼。
　　　　　　取得经，取得宝，
　　　　　　说话也变得嘴嘴巧。
　　　　　　条例办法你知晓，
　　　　　　我问你，
　　　　　　二孩准生怎么搞？"
甲：　　　双喜说：
　　　　　　"国家正是研究与探讨，

不要掀得锅盖早。
咱中国，
人口数量很不少，
质量要，
优生优育再提高。
调整政策要记牢，
基本国策不动摇。"

乙：　　拖弟说：
"你先不要唱高调，
那些我也早知道。
近几年，少吼叫，
有些人就瞎"踢跳"（胡闹）。
比如说，
先怀胎还是先申报，
领证要些甚资料？"

甲：　　双喜说：
"你说的也很重要，
有时候，
实际和政策尽颠倒。
应该是，
要生二孩先申报，
情况属实才可靠。
如果伪造假材料，
'准生证'就不生效。"

乙：　　拖弟说：
"甚是个假，甚是个真，
真真假假分不清。
任何事要凭良心，

我问你，
什么情况能准生？"

甲： 双喜说：
"山西人大常委会定条例，
上面讲得很详细。
计生局要领证去，
人家肯定有依据。
决定准生也容易，
符合条件就登记。"

乙： 拖弟说：
"还有个问题很深奥，
应该和谁去请教。
咱想把个男孩要，
怀孕能否打保票。
一旦目的达不到，
生三胎，
自己也觉得脸害臊。"

甲： 双喜说：
"这个问题难发表，
人人研究在探讨。
要我说，
男也好，女也好，
女儿是贴心的小棉袄。
思想认识要提高，
总书记，
也是只有一个女宝宝。
革命前辈邓颖超，
终身不育活到老。

周总理,
英明伟大世上少,
千古流芳忘不了。
还有件事要记牢,
怀孕之前先想好。
如果女孩不想要,
也不能,
私人医院处理掉。
这可是违法早警告,
弄不好,
还得坐牢戴手铐。"

乙： 拖弟说：
"咱是庶民老百姓,
不说远来单说近。
咱是管咱心高兴,
咱想养甚就养甚！"

甲： 双喜说：
"人人应该往远看,
不能专门去捣蛋。
国家对,
人口出生常测算,
男女比例应各一半。
如果说,
多数人成了光棍汉,
控制不住怕作案。
性冲动，会出乱,
恐怕要出强奸犯。"

乙：　　拖弟说：
　　　　"我不和你多争论，
　　　　有件事再问一问。
　　　　假如说我怀上孕，
　　　　担心孩子有先天病。
　　　　一旦养下豁唇唇，
　　　　一辈子的个不开心。"
甲：　　双喜说：
　　　　"这可问在点子上，
　　　　就是要，
　　　　优生优育高质量。
　　　　计生局家把方向，
　　　　把住关，
　　　　不该放就不能放。
　　　　计生局家经常讲，
　　　　怀孕前，
　　　　检查父母健康不健康。
　　　　饮食是不是有营养，
　　　　该预防的要预防。
　　　　体检共有十四项，
　　　　排除疾病性传播。"
乙：　　拖弟说：
　　　　"你可不要多磨牙，
　　　　不管人家先说咱。
　　　　如今科学很发达，
　　　　应该检查就检查。
　　　　你说现在该怎么，
　　　　怎样才能有把握？"

甲：　　　双喜说：
　　　　　"其实我也知识浅，
　　　　　还得计生局多指点。
　　　　　《三晋康家》有经验，
　　　　　网上查看很方便。
　　　　　相信科学新观念，
　　　　　遵纪守法可是关键。
　　　　　自由主义瞎煨炼，
　　　　　恐怕后果很危险。"

乙：　　　拖弟说：
　　　　　"不要诈唬（吓唬）老百姓，
　　　　　我看那也不一定。
　　　　　如今人口乱流动，
　　　　　好像无人来顾问。"

甲：　　　双喜说：
　　　　　"你可不敢嘴嘴硬，
　　　　　依法治国要相信。
　　　　　流动人口要有'居住证'，
　　　　　要不然，
　　　　　你的身份不承认。
　　　　　不带证件出了门，
　　　　　连个旅馆也住不成。
　　　　　房主家，
　　　　　要把房子往出赁，
　　　　　首先要负大责任。
　　　　　流动人口怀了孕，
　　　　　不能没证存侥幸。

　　　　　　国家法律要尊重，
　　　　　　一顺百顺事事顺。"
乙：　　　拖弟说：
　　　　　　"哟！说你进步真进步，
　　　　　　好像经验很丰富。
　　　　　　计生局，亮态度，
　　　　　　以后主要是搞服务。
　　　　　　咱也要，
　　　　　　对青年人多关注，
　　　　　　教育他们别惹祸。"
甲：　　　双喜说：
　　　　　　"说一千，到一万，
　　　　　　思想道德要规范。
　　　　　　计划生育不能乱，
　　　　　　挨着（轮上）怎办就怎办。
　　　　　　咱们要，
　　　　　　教育青年向远看，
　　　　　　身外之物要看得淡。
　　　　　　不吸毒，不作案，
　　　　　　疾病传染除隐患。"
乙：　　　拖弟说：
　　　　　　"对！上梁不正下梁歪，
　　　　　　不演黑皮不戳拐（不要无赖不闯祸）。
　　　　　　各行各业要整改，
　　　　　　谁敢为非又作歹。
　　　　　　自从改革搞开放，
　　　　　　道德底线几乎忘。
　　　　　　人心没足蛇吞象，
　　　　　　到时候可要算总账。"

甲： 双喜说：
"改革开放放得宽，
有些人就走极端。
见了便宜就想贪，
结果下场很悲惨。"

乙： 拖弟说：
"还有的人瞎胡闹，
党纪国法全忘掉。
恶有恶报时辰到，
自己盖得个'倒塌庙'。"

甲： 咱们要，

合： 群众路线擦亮眼，
照照镜子洗洗脸。
坚持优点改缺点，
讳疾忌医很危险。
两条路，由你选，
岔路上不能走得远。
刚才的书名叫《把关》，
希望大家能喜欢。
计划生育也不简单，
祝愿好人一生常平安。

创作于 2014 年 5 月

人人参与反邪教

（临县三弦书）

临县县委防范办和临县文化广电新闻出版局，安排作者在2015年临县元宵秧歌晚会上表演一段关于打击邪教的三弦书，作者创作表演了此作品，以此来动员社会各界团结一致共同切除这颗社会"毒瘤"。此作品发表于《湫虹》2015年第2期。

张林峰我登上台打扮俊俏，
弹三弦打竹板又唱起小调。
新春大吉拜大年红火热闹，
利用文艺搞宣传更为重要。
打老虎拍苍蝇说到做到，
搞节约反四风见了实效。
第十届村委换届频传捷报，
新农村新气象新的面貌。
还有一件烦心事不能忘掉，
这一颗社会"毒瘤"就是邪教。

邪教组织搞帮派结伙成群，
给人洗脑说鬼话迷信害人。
传播谣言反社会破坏家庭，
经常说是世界末日即将来临。
不用生产不用种地不用劳动，
诚心祷告有吃有喝有神照应。
"只要你一心向神早晚念经，
万事自有神相助定能成功。"

有时说他能带你进入法门,
还有时说他自己就是真神。

邪教组织经常开展地下活动,
违法犯罪害人命罪孽深重。
非法集资搞诈骗想甚做甚,
贪心不足还想要参政议政。
引诱强迫女人们参与卖淫,
多少少女入歧途毁了青春。
还有人想升天转起法轮,
天安门广场上玩火自焚。

为了实现中国梦心中期盼,
动员社会反邪教全民参战。
碰上邪教要做到不听不看,
还要政府去报告行动果断。
人人参与反邪教真抓实干,
切除这颗社会"毒瘤"定时炸弹。
同时警告失足者回头是岸,
社会安定咱才能生活美满。

邪教害人真不少,
打击工作认真搞。
文艺宣传办法巧,
想方设法动头脑。
相信科学不乱套,
分清黑白最重要。
人人参与反邪教,
小康社会早来到。
依法治国就好比吉星高照,
幸福美满的好日子眉开眼笑。

创作于2015年3月

环境整治就是好

(对口三弦书)

2015年4月,临县在市委市政府的号召下展开了一场"全县城乡环境整治百日攻坚"专项活动。临县文化局积极响应,并安排作者创作了此作品,由作者扮演甲,康老师扮演乙,多次到乡下宣传演出。同时,临县电视台进行了录制播放,起到了良好的宣传效果。

甲: 文艺宣传首先要思想进步,
乙: 宣传党的好政策中心任务。
甲: 咱临县县委政府领导干部,
乙: 开展爱国卫生运动安排部署。
甲: 环境整治专项活动拉开序幕,
乙: 相关部门齐上阵擂响战鼓。
甲: 优美环境靠大家营造爱护,
乙: 主动出手从我做起端正态度。
甲: 决不能搞形式空喊应付,
乙: 更不能麻木不仁满不在乎。
甲: 红头文件实施方案讲得清楚,
合: 环境整治百日攻坚狠下功夫。

甲: 县里成立领导小组安排就绪,
乙: 组长是张建国县委书记。
甲: 副组长是双会县长还有李琦,
乙: 全组共二十八人步调整齐。

甲： 各乡镇书记镇长全都到位，
合： 环境整治百日攻坚定能胜利。

甲： 环境整治倡议书发至全县，
乙： 咱再介绍县委政府通知文件。
甲： 起草文件的大手笔富有经验，
乙： 实施方案全面具体语言精练。
甲： 方案的第一部分简单明了，
乙： 强化人坚定信念不能动摇。
甲： 提出了指导思想工作目标，
乙： 依靠党人民生活越来越高。
甲： 提高生活不只是穿暖吃饱，
乙： 还需要讲好卫生疾病减少。
甲： 环境不美交通不通惹人烦恼，
合： 不文明不和谐了怎么能好！

甲： 第二部分整治任务责任分明，
乙： 全面实施"五大战役""五大工程"。
甲： 各级领导成竹在胸布兵摆阵，
乙： 咱也要营造氛围大造舆论。
甲： 时间步骤保障措施已经决定，
乙： 广泛宣传各个部门都承担责任。
甲： 机关单位相互配合部门联动，
合： 确保百日攻坚活动有效推进。

甲： 环境整治领导组想得周到，
乙： 还编了二十五条标语口号。
甲： 宣传标语喊口号非常重要，

乙：　　　　提醒人鼓舞人统一步调。
甲：　　　　标语口号望大家下去寻找，
合：　　　　摇旗呐喊高歌猛进困难横扫。

甲：　　　　县委政府巧安排，
乙：　　　　实施方案早出台。
甲：　　　　环境整治真不赖，
乙：　　　　爱国卫生防病害。
甲：　　　　环境整治就是好，
乙：　　　　城市乡村都来搞。
甲：　　　　整治等于换头脑，
乙：　　　　跟上时代步伐跑。
甲：　　　　环境整治就是美，
乙：　　　　喜看临县好山水。
甲：　　　　不怕邪神和恶鬼，
乙：　　　　我们的目标更宏伟。
甲：　　　　美得咱最后说一句，
乙：　　　　贵在坚持不放弃。
甲：　　　　临县是，咱的家，
乙：　　　　整治要靠你我他。
甲：　　　　自上而下一齐抓，
乙：　　　　整治盛开文明花。
合：　　　　好得咱夸也来不会夸，
　　　　　　让实际行动来回答！

　　　　　　　　　　　　　　创作于2015年5月

赞青塘

（临县三弦书）

临县安业乡前青塘村历史悠久、文化底蕴深厚、明清建筑成群、地理位置优越、自然资源丰富、物产多样独特，是晋西黄土高原的小江南和鱼米之乡，已被列入第三批中国传统村落。作者创作此作品来赞美和宣传青塘村，让更多的人了解青塘，并在首届青塘村"粽叶香"民俗文化节上说唱，效果很好。此作品发表于《湫虹》2015 年第 3 期。

弹起了三弦卜楞愣地响，
张林峰我又上了场。
其他的话题咱不讲，
单说青塘鱼米乡。

县城以南八公里经过丈量，
湫河西岸青塘村赛过苏杭。
东与东沟关王庙隔河相望，
西面稳稳靠在了凤岭山上。
南面是善庆峪世代交往，
北面和下西坡土地接壤。
村中街巷呈王字一街六巷，
海眼出水灌良田丰收景象。
五百年前陕西王氏定居青塘，
从此青塘放射出了万丈光芒。

五百年来青塘村人丁兴旺，
祖祖辈辈出英才出将入相。
一百多个贡生监生题名金榜，
改变了咱青塘村的穷乡僻壤。
这些名人都刻在现存碑上，
成为后人的楷模学习榜样。
文人武师名中医士农工商，
各行各业出状元声名远扬。
佩珩佩瑜兄弟俩受人夸奖，
他们都在碛口商会任过会长。
"荣光店"里贩麻油富甲一方，
资产总值达到白银五百万两。

光绪年间天主教传到吕梁，
发现一块风水宝地就在青塘。
意大利神甫步才乐很有力量，
河南请来一百多位能工巧匠。
民国五年建成一座欧式教堂，
心灵圣地"圣心堂"受人敬仰。

红军东渡来临县进驻青塘，
晋绥军区野战医院救死扶伤。
河南省委刘文书记不治身亡，
追悼会上曾经来过中央首长。
还有不少无名烈士这里安葬，
他们用鲜血换来了全国解放。
怀念他们青塘人永远不忘，
闹起会子（秧歌）先拜烈士赞歌高唱。

喜看今朝青塘村喜从天降，
授予中国传统村落品牌响亮。
引来不少专家学者旅游观赏，
大鼻子的外国人尽管照相。
先看咱的苇子地再看鱼塘，
海眼里要洗澡些温度太凉。
看完明清四合院把粽子品尝，
解带脱衣露出了"珍珠红娘"。
两只手上黏糊皱扯来回圪搓（临县音cǎng），
嘴里还吼"OKOK 好香好香"。

如今青塘支村委统一思想，
团结本村所有人凝聚力量。
王中信董事长常回青塘，
张文平高有喜也情深意长。
王志旭修家谱全是姓王，
任百成善交往特殊慈祥。
一个一个要点名时间不让，
你们的名字全刻在群众心上。

又是说，又是唱，
我为青塘献力量。
两委干部好榜样，
好钢用在刀刃上。
打好开发攻坚仗，
旅游品牌更响亮。
早日实现青塘梦咱的方向，
明天的青塘村会更加兴旺。

创作于 2015 年 6 月

说唱碛口

(临县三弦书)

碛口在明清至民国年间凭黄河水运一跃成为我国北方著名商贸重镇,西接陕西、甘肃、宁夏、内蒙古,东连太原、北京、天津,为东西经济、文化之枢纽,享有"九曲黄河第一镇"之美誉。由于商业的兴盛和经济的繁荣,明清时期碛口就先后出现了"四大家"和"八大店",也就是他们推动了碛口水旱码头的进一步发展,作者用临县三弦书的形式简单介绍了碛口古镇"四大家"和"八大店",意在吸引更多的游客光临碛口。

坐诗:天上星星参北斗,
　　　地下黄河向东流,
　　　晋商文化说不尽,
　　　赞歌声声唱碛口。

弹起三弦打竹板心里高兴,
说一说咱中国的碛口古镇。
大禹治水擒黄龙劈开孟门,
从此以后水患消天下太平。
滚滚黄河奔腾着一路向东,
哺育了两岸边的世代子孙。
不知黄河何时起有了河运,
只晓得碛口古镇明清兴盛。
驮不完的碛口镇遍地金银,
人称晋商西大门千古留名。

康乾盛世碛口镇盛况空前，
黄河上的船与伐首尾相连。
因为那大同碛上暗礁危险，
只好上游碛口镇船靠岸边。
船上货物转陆路要到中原，
每天进出骆驼队成百上千。
碛口开起三百多家商号门店，
"四大家"和"八大店"相继出现。
虽然说我了解得不大全面，
升子量得合子粜说上一遍。

提起碛口"四大家"先说西湾，
鼎鼎大名陈三锡很不平凡。
诚信经商通天下越走越宽，
留下了晋西民居后人参观。
寨子山的陈晋之更不简单，
毛主席在他家还住过一晚。
李家山的创始人名叫李端，
东、西财主又出世生意起山。
相互攀比建豪宅不畏艰难，
如今天天有人来采风游览。
青塘王家曾经还花钱捐官，
花钱捐官官难当难保平安。

先把本地"四大家"说了一遍，
咱再说外商开的八大门店。
兴盛韩是大药店药材全面，
大德通为国家银行存钱取钱。

天元居酱醋糖果黄酒糕点,
义生成批发药材生意做远。
义诚信草帽店里由你挑选,
丽源通卖的吃喝全是海鲜。
义记美孚煤油公司在中市街,
祥记烟草分公司专卖香烟。

碛口的昔日往事叙说不尽,
咱再把旅游景点说上一阵。
黑龙庙坐落在了卧虎山顶,
山西唱戏陕西听都能听懂。
西云寺内供奉着十殿阎君,
西湾村的古民居院院相通。
李家山似汉代墓专家评论,
主席东渡纪念碑历史见证。
黄土公园麒麟滩接待外宾,
黄河画廊沿黄河南北延伸。

说得快,表得欢,
碛口美景唱不完。
晋商文化不平凡,
码头往事千古传。
看视频,听小段,
不如亲自来参观。
不到黄河心不死古人感叹,
碛口古镇留足迹不留遗憾。

创作于2016年4月

林大嫂住院

(临县三弦书)

在农村常有一些妇女不找自己的缺点,专挑别人的不足,整天怨天怨地,把所有人都当成敌人,对公婆更是不孝顺。可当她们遇到困难时,往往会得到家人及邻里的帮助,让她们羞愧难当,痛改前非。此作品荣获"纪念中国人民解放军建军90周年、庆祝党的十九大胜利召开暨第八届吕梁市戏剧剧本、小戏小品、曲艺、歌词征文评奖"曲艺类三等奖,发表于《湫虹》2018年第4期,入选《吕梁市2014—2017年优秀文艺作品选集》。

弹起了三弦定好弦音,
说一件身边的真实事情。

说的是:
有个大嫂本姓林,
五十来岁中年人。
一个儿子结过婚,
两个孙孙惹人亲(讨人喜欢)。
女儿还在上高中,
年年领得奖学金。
老汉劳动实在勤,
勤俭节约出了名。
打工捎得把地种,
四点起来就送粪。
大年开始到月尽,

舍不得坐下闲一阵。
烟酒不沾守本分,
只会挣来不会弄。
公婆地里能劳动,
粮食存下几石瓮。
本来这是好家庭,
可是她,
经常没个好心情。
常嫌老汉太无能,
又没钱来又没名。
嫌子来,
娘家没有凭上人,
瞎拙得甚也做不成。
大嫂她,
说话处处占上风,
吵得邻里也不安宁。
怨天怨地怨祖宗,
对公婆更是不孝顺。

转眼间,
清明谷雨刮春风,
庄户人家开了春。
又是锄,又是种,
都到地里去劳动。
大嫂觉得心里闷,
看见甚也眼不顺。
"唉!这个天!
怎么就像鬼抽筋,

到底操的什么心!
我对你是很尊敬,
你和我作对为个甚?
昨天下雨天气阴,
冷得就像过了冬。
今天日出太阳红,
晒得上火尽头疼。
再说来,
风神爷爷糊脑熊,
天天刮风不会停。"
叫天骂地多一阵,
哎!
又看见下院正狗混。
林大嫂,
寻得一根顶门棍,
"看!还想给娘娘做个甚!"
大嫂正是不顺心,
大门上回来她的婆和公。

大嫂就像发了疯,
三叉两步往上冲。
指头一指腰一挺,
"啊呀呀!
伢把我害得真苦情。
其他人家也有老人,
挣得有金又有银。
自从我进了伢的门,
跟上伢儿受了穷。

我真是，
亲小人，敬老人，
洗锅做饭倒尿盆。
为了给伢栽根根，
尽把我熬成个干筋筋。
再说伢，
一辈子就是把地种，
甚也没有留下个甚。
要不是，
政府发的养老金，
还轮伢喝西北风。
唉！
这世上好人死一层，
神神怎么不显灵。
叫伢早死早转生，
再没人说我不孝顺。"

大嫂骂得正上劲，
上院里，
"呜"地刮起一股黑旋风。
霎时间，
大嫂觉得头发昏，
浑身冷得圪森森。
此时候，
她老汉正是回家中，
背上大嫂就起身。
快步如飞不敢停，
医院住院找医生。

办手续，交押金，
几科医生来会诊。
护士扎针把式硬，
又把氧气往上送。

林大嫂，
脚又轻，脑又重，
半圪垯（半个）身子不会动。
大嫂心里自盘问，
唉！
这下定是得脑梗。
治好了，
下半辈子拄拐棍，
治不好了要了命。
如果我，
睡在炕上不会动，
谁能把我来照应。
提起我的婆和公，
早就和我伤着心。
我对他们不孝顺，
他们还能把我亲？
再说媳子年轻人，
肯定不上我的门。
在以前，
我就把话都说尽，
至死也，
不用她给我做的吃一顿。
现如今，

儿要挣钱负担重,
女儿上学没个空。
老汉还要把地种,
啊呀呀!
这下可么我毛鬼神钻在烟筒(自作自受)。

林大嫂,
正是处在绝望中,
病房里,
"呜"地进来了一伙人。
大嫂的嫄子进了门,
先就妈地叫一声。
"妈!你是得了什么病,
还是轻啦还是重?
妈你这会想吃甚?
来我快把鸡蛋炖。
伺候妈妈我再也不离身,
妈病好了咱厮跟上回家中。"

说话间,
过来大嫂的婆和公,
也对大嫂很关心。
怀怀里,
掏出现金两捆捆,
说是要,
给医院里交押金。
还说是:
"咪孩可么放宽心,

天塌下来我们顶。
就要你病情能减轻，
我们愿意早死早转生。"

又来了，
街坊邻里众亲朋，
危难之际显真情。
林大嫂，
鼻子一酸眼一红，
脸圪蛋（脸蛋）红得像火盆。
"在以前，
林大嫂我理不通，
看见谁也不顺心。
对待老人不孝顺，
尽把嫘子当外人。
邻里邻家没交情，
是非黑白不分明。
假如说，
这回要不了我的命，
以后一定要改正。
孝敬婆，孝敬公，
嫘子当成女儿亲。
邻里邻家有亏困，
相互帮忙来鼓劲。
可惜我，
如今恶病来缠身，
眼看就要命归阴。"
林大嫂哭得泪淋淋，

病房里进来了高医生。
高医生，
一见大嫂发了愣，
"哎！你哭哭啼啼为个甚？
检查结果已确定，
你一切正常没毛病。
可能是，
你的心情太激动，
身体平衡失了控。
快起来，
给咱医院腾开空，
其他病人还要用。
回到家里心放宽加强运动，
不良的坏习惯了必须改正。"

林大嫂，
听见这话不相信，
难道说我在做梦？
掐住脸蛋用劲拧，
"啊呀呀呀"实在疼。
下了床，走出门，
脚轻手快如刮风。
林大嫂她喜心中，
先把公婆叫一声。
"爹！
哎！
妈！
噢！"

叫得公婆心感动，
热泪盈眶忙答应。
大嫂说：
"以前是我糊脑熊，
没有传承好家风。
对待公婆不孝顺，
尽把嫘子当外人。
今后一定要改正，
好好地要学家训。
对！
今天正是有个空，
到我家，
咱好好地做的吃一顿。
这回医院没白进，
彻底治了我的病。
从今后我是非黑白定要分明，
善待邻里孝敬公婆更爱家人。"

创作于 2017 年 5 月

生态扶贫就是好

（临县三弦书）

在精准脱贫大会战中，临县林业局发挥自身优势，制订了一系列切实可行的生态扶贫计划。驻村第一书记和帮扶人员向贫困户们认真宣传生态扶贫政策，让贫困户们深刻地认识到了生态扶贫的好处，使他们在感受党的温暖的同时鼓足了脱贫攻坚的信心。

弹三弦打竹板红火热闹，
张林峰我搞宣传唱起小调。
党中央向全国发出号召，
精准扶贫取得了可喜成效。
广大群众载歌载舞奔走相告，
全国上下展现出了崭新面貌。
临县人民战天斗地脱贫摘帽，
撸起袖子加油干说到做到。
宣传先进树旗帜整理资料，
咱先说生态扶贫传来捷报。

咱临县是贫困县全国知晓，
环境恶劣人口多资源太少。
十年就有九年旱条件不好，
荒山秃岭到处是长着野草。
年轻人们谋生路外头奔跑，
空巢老人留守儿童无人照料。

穿衣吃饭靠救济全凭低保，
要想脱贫确实是困难不小。
临县县委县政府开动头脑，
退耕还林助脱贫因势利导。

生态兴县绿色惠民作为头条，
绿水青山是金银山毫不动摇。
全面统筹生态民生统一步调，
综合协调增绿增收不屈不挠。
造林增收管护就业办法巧妙，
林业致富让群众眉开眼笑。
退耕还林三十万亩今年目标，
前半年就提前完成效率真高。
政策补偿一亿多元数字不小，
十万人口得实惠人人说好。
一个战场两个战役紧紧围绕，
生态建设同时发展核桃红枣。

为了发展经济林提质增效，
帮助成立合作社办法巧妙。
引导群众自发组织不用吼叫，
百分之八十贫困户必须达到。
工程包给合作社收入提高，
每亩再补一千五百元金额不少。
贫困户贷款五万购置树苗，
栽树挣的工资也都能发了。
五年以后树归个人尤为重要，
再不脱贫那就是纯属傻帽。

发展特色经济林山杏山桃，
栽植药材黄刺玫丁香连翘。
施肥浇水经济林根深叶茂，
林下经济增收脱贫拓宽渠道。
林粮套种低秆作物科学技巧，
山药萝卜西红柿也都能活了。
柴胡大黄板蓝根种药种草，
林区养猪又养鸡鸡飞狗咬（叫）。
八月深秋满山红枣如同玛瑙，
梧桐招来金凤凰空中环绕。

林业人员下乡扶贫文明礼貌，
见贫困户如见亲人有说有笑。
认真细心做工作不嫌烦恼，
开口就是大叔大婶大哥大嫂。
贫困户当护林员特殊关照，
一人护林全家脱贫见了实效。
一分造林九分管管护配套，
指定区域封山禁牧很有必要。
扶贫取得好成绩不骄不躁，
脱贫再攀新高峰鸣锣开道。

生态扶贫就是好，
脱贫摘帽认真搞。
生态扶贫办法巧，
绿水青山人不老。
给咱传经又送宝，
小康社会来得早。

党的恩情要记牢,
脱贫再掀新高潮。
喜迎党的十九大无比自豪,
早日实现中国梦伟大目标。

          创作于 2017 年 9 月

李狗狗脱贫记

(临县三弦书)

2017年，临县展开了一场生态扶贫大会战，组建了291个扶贫攻坚造林专业合作社，入社社员13000多人，其中贫困户11400人，通过参与造林，贫困劳力人均劳务收入达到了7000元以上。但是在此项扶贫工作开展初期，就有个别思想落后的群众不接受生态扶贫，作者创作此作品来引导广大群众共同走上脱贫之路，同时为生态扶贫鼓劲加油！此作品荣获"庆祝改革开放40周年暨第九届吕梁市戏剧剧本、小戏小品、曲艺、歌词征文评奖"曲艺类二等奖，发表于《湫虹》2019年第1期。

弹三弦打竹板抖起精神，
咱再说临县的生态扶贫。
临县是贫困大县历来贫穷，
荒山秃岭最不宜人类生存。
为了生活跑门外离别亲人，
《走西口》和《跑太原》唱到如今。

吃苦耐劳"黑豆茬"绝处逢生，
精准扶贫又给咱吹来春风。
县委政府动头脑目标制定，
生态建设助脱贫优化环境。
六十多万临县人一呼百应，
植树造林掀高潮处处行动。
前村有个李狗狗甘于贫困，
落后思想得到了及时纠正。

要知狗狗什么人，
咱先把他说分明。
没有姐妹和弟兄，
他爹就他一条根。
三十六岁狗年生，
如今还没结过婚。
父母都已命归阴，
一人生活太苦情。
洗锅做饭倒尿盆，
衣裳烂了自己缝。
狗狗脑子不算笨，
曾经思想也先进。
育过树苗造过林，
修剪嫁接都能行。
只因为，
投资项目没成功，
资金全部落了空。
跌下（欠下）饥荒开不尽，
后来得了痴呆症。
全凭了好心人扶危济困，
李狗狗才保住了一条生命。

这天早上八点整，
狗狗还在睡梦中。
梦见自己正结婚，
迎得个嫊子好惹亲。
赛过貂蝉王昭君，
西施玉环还差几分。

脑上头发黑津津，
脸圪蛋蛋红腾腾。
杏子眼眼花喷喷，
柳叶眉毛弯弓弓。
蒜瓣鼻鼻立能能（很漂亮），
玉米牙牙白生生。
口红抹得红棱棱，
眉棱骨上还丸个红印印。
撩眉眉，刷鬓鬓，
走起就好像个神棍棍。
红袄红裤一身身，
哟！怎么这地个惹亲亲。
盯住看了多一阵，
看着看着不会动。
眼看嫌子要进门，
听见人们吵不停。
吵了一阵又一阵，
狗狗越来越清醒。
吵醒了李狗狗心里发恨，
鬼子子们晓不得这是吵甚！
再叫我多睡上十来分钟，
肯定能入洞房美梦成真。

狗狗就像丢了魂，
焉眉倒瞪开了门。
只看见，
清明刚过刮春风，
一夜春雨天放晴。

蓝蓝的天上飘白云,
喜鹊喳喳叫不停。
男一伙来女一群,
都到山上去造林。
扛着铁锹担着桶,
树苗一捆又一捆。
党员干部把头领,
红旗插在高山顶。
桃花开得红楞楞,
杏花开得白腾腾。
松树柏树绿荫荫,
树苗栽得齐挣挣。
社员们,
头上汗水则淋淋,
谁也不歇一阵阵。
嘴上笑得圪抿抿（抿嘴笑）,
眼也挤成个窄缝缝。
说不尽社员们的美好心情,
咱再说第一书记上门扶贫。

狗狗看了多一阵,
心里想,
我看又是瞎倒运。
想当初,
我比你们还先进,
植树造林搞得硬。
结果是,
甚也没有弄成甚,

生活过得更紧困。
想着想着好伤心,
还不如,
无事人我一身轻。
狗狗正要闭上门,
忽看见,
第一书记来到他院子中。

要知道,
第一书记什么人,
他就是,
林业局的乔小峰。
工作认真又细心,
扶贫政策学得通。
自从帮扶进了村,
心里装着众乡亲。
如何让,
农民增收早脱贫,
深刻思考动脑筋。
和群众,
认真研究做决定,
因地制宜是根本。
这个村,
地处山区宜造林,
退耕还林早脱贫。
小峰他,
首先选定领头人,
建合作社按章程。

乡亲们，
积极入社齐响应，
家家入股有股份。
三月里，
植树造林开了工，
社员们，
你超我赶做标兵。
乔小峰，
核实社员看花名，
他发现，
脱贫落下一个人。
今天来把狗狗寻，
要给他把思想工作来做通。
狗狗他出门来把小峰相迎，
敬敬让让回到了狗狗家中。

进门来，
小峰先把狗狗问：
"为什么你生活过得这贫困？
别人家，
抓住机遇要脱贫，
你怎么甘于受贫穷。
人家都早起去劳动，
你还是，
背着炕皮做美梦。
你不先进到底是为了个甚？
咱今天就先治你的思想病。"

说得狗狗打唉声，
两行泪水如泉涌。
"想当年，
我高中毕业回了村，
要改变，
落后面貌下决心。
请得专家来这村，
把发展目标来制定。
专家说，
要想再不受贫穷，
荒山荒坡先造林。
我个人租地又投工，
四处贷款筹资金。
沟里柳树绿荫荫，
山腰红枣经济林。
松树柏树盖了顶，
四季常青好风景。
一口气干了四年整，
树苗栽得很成功。
但可是，
护理不好等于零，
实在是叫人伤透心。

到秋天，
红枣烂成臭狗粪，
一斤几毛也没人问。
砍了枣树把地种，
唉！过来过圪瞎倒运。

沟里的柳树皮皮嫩，
全叫山羊啃咬尽。
山顶上，
清明有人去上坟，
烧纸烧得烧着林。
三天四夜火没停，
树枝也不留一根。
我几年心血一场空，
跌下饥荒开不清。
从此后我做甚事也再没信心，
也许说这就是我的命运。"

乔小峰，
听了这话露笑容，
再把狗狗叫一声：
"狗狗呀，
上次造林是你一个人，
这次是，
全村老小一条心。
为了早日能脱贫，
政府把，
扶贫政策送上门。
送技术、补现金，
党和人民情谊深。
县林业局包咱村，
一定要，
帮助群众拔穷根。"
小峰说了多一阵，

狗狗还是不相信。
狗狗说：
"现在虽然造起林，
但可是，
护理不好也不行。"
小峰说：
"森林防护责任重，
护林员，
工资还是吃财政。
但可是，
聘护林员有规定，
尽量让，
贫困户来把钱挣。
这样一顶两头用，
护林就能脱贫困。
如果说，
有的些护林员不负责任，
咱还可以开除了重新选聘。"

狗狗他，
听了这话眼一睁，
当下变得有精神。
狗狗说：
"哎！我就能给咱来护林，
你看这样行不行。
我也有，
六十亩地不耕种，
退耕还林正好用。

我也要，
合作社里入股份，
对！我现在就写申请。"
说也说，就动工，
申请递给乔小峰。
就寻铁锹就担桶，
植树造林要起身。
他说要，
立长志，下决心，
生态建设献青春。
小峰说：
"好好好，行行行，
欢迎欢迎再欢迎。"
再看狗狗和小峰，
肩并肩来紧厮跟。
树苗一人扛一捆，
一直走向高山顶。
这回说了李狗狗生态脱贫，
下一回了咱再说狗狗结婚。

创作于2018年2月

健康扶贫

（临县三弦书）

在精准扶贫大会战中，作者创作了不少关于扶贫的文艺作品，其中以健康扶贫类较多，此作品为其中之一。

弹三弦打竹板定好弦音，
说上一段三弦书健康扶贫。
山西省委省政府立说立行，
认真贯彻习总书记讲话精神。
为了解决农村人口因病致贫，
贫困人口医疗保障落实到人。
宣传党的好政策开动脑筋，
文件编成三弦书通俗易懂。
接下来把具体内容说上一阵，
希望大家认真学习活学活用。

咱不说空话套话故作高深，
说一说咱老百姓的身边事情。
不幸患上24种重大疾病，
一次性救助5000元能救人命。
大病保险每人每年50元标准，
补充医疗是100元人人一份。
医疗保险全免交一分也不用，
这些经费全都来自国家财政。

如果报销目录外的医疗费用，
85%还可以适当浮动。

为了消除因病致贫因病返贫，
健康扶贫"双签约"已经实行。
家庭医生签约团队医术高明，
县乡村的专家医生整合组成。
医疗卫生健康管理服务于民，
保障群众看病就医献出真情。
提供随访健康评估健康咨询，
医疗护理帮助康复受到欢迎。
包村干部帮扶干部住在农村，
第一书记两委主干参与其中。
医疗报销民政救助消除贫困，
代报代办就医报销方便群众。

家庭医生签约服务进一步推进，
打通"最后一公里"专项活动。
坚持以问题为导向思路很清，
群众的健康一定要作为中心。
连续协同的签约服务有序推行，
居民"获得感"和"满意度"切实提升。
进一步明确签约服务主要内容，
其中还包含基本医疗公共卫生。
个性化健康管理服务定期上门，
发挥中医药"治未病"彻底除根。

家庭医生签约服务包进一步规范，
慢性疾病作为重点消除病患。

签约服务包签协议一签一年,
基础费用按签约居民人均10元。
个性化服务签约居民可以自选,
服务费用医保支付才是重点。
签约服务保障体系继续完善,
长处方用药优惠政策有了方案。
建立转诊"绿色通道"四个优先,
加快推进医联体建设快马加鞭。
"互联网＋医疗大数据"资料全面,
各项服务信息化开通热线。

建档立卡贫困户因病住院,
"一站式结算"给他们提供方便。
县内住院免交押金手续先办,
"先诊疗后付费"有工作方案。
合作医疗大病保险补充保险,
医疗保障民政救助受益匪浅。
简化程序优化流程制度改变,
"先诊疗后付费"不用押钱。
县级医院自付封顶每年1000,
市级医院3000封顶也是每年。
省级住院封顶6000人心温暖,
剩余费用医保基金报销负担。
加大宣传让乡亲们深刻理解,
健康扶贫扶真贫找准了要点。

健康扶贫管理数据存入库中,
建立大病专项台账救人性命。
基层筛查县级转诊再到省城,

省市救治医术高明更上水平。
优先接诊优先检查一路绿灯,
优先住院实现便捷有序转诊。
先确定了定点医院国家公认,
然后制定诊疗方案科学测定。
组织专业医疗救治找准病因,
还要加强质量控制有序进行。
医保报销70％群众好评,
民政救助20％奉献真情。
患者负担10％不用头疼,
付费还采用一站式服务方便人民。

36＋7种特殊的慢性疾病,
门诊买药100％报销一分也不用。
36种以外慢性病通过认定,
也能报销60％说甚是甚。
有残疾证贫困户要特殊照应,
辅助器材两年内都免费配送。
兜底保障主要是为救治重病,
乡镇卫生院精准服务继续推进。

健康扶贫该称颂,
带来好处说不尽。
健康扶贫老百姓,
关键时刻救人命
健康扶贫搞得硬,
早日实现中国梦。
刚才我把健康扶贫说了一阵,
但愿人人健康平安无灾无病。

创作于2018年6月

护林

（临县三弦书）

家乡临县认真践行习近平总书记"绿水青山就是金山银山"的生态文明思想，自退耕还林实施以来，紧紧围绕"生态脱贫"这一主旨，把退耕还林与生态脱贫紧密融合，并取得了可喜的成果。为了更好地宣传森林防护，作者创作了此作品。

弹三弦打竹板抖起精神，
咱再说临县的退耕还林。
为了让咱临县人早日脱贫，
政府花钱搞绿化造福于民。
既增收又增绿达到双赢，
同时又促进了生态平衡。
改革开放奋发有为立说立行，
不忘初心牢记使命奋斗不停。
全县上下大力发扬右玉精神，
偏偏有人反应迟钝脑水不清。
只因为他投机取巧自作聪明，
差点酿成大灾难害己害人。

说的是，
黄河东岸孙家岭，
全村人家都姓孙。

有一位，
大叔今年五十整，
全靠放羊来为生。
今年羊价好行情，
收入肯定又猛增。
孙大叔，
喜在眉头笑在心，
卖了羊，
就给我儿来结婚。
对！大叔他，
遇事久肯动脑筋，
经常爱耍小聪明。
一时不对他的劲，
脑又拐来眼又瞪。
白说六道理不通，
实在能把人急疯。
有一次，
放羊去了南山顶，
羊群进了圪蟆岭。
玉米地里往里冲，
吃了苗苗啃了根。
主家上门把他问，
他还狡辩不承认。
乡政府，
通过卫星调监控，
可么治了他的个嘴嘴硬。
赔偿包产处罚重，
真是叫丢人又背兴。

近年来，
为了生态能平衡，
为了早日能脱贫。
孙家岭也造起林，
林下种植搞双赢。
栽连翘，种黄芩，
柴胡知母好收成。
森林防护按规定，
封山禁牧要实行。
这一天，
孙大叔放羊又要起身，
村委的喇叭上喊不停。

（白）全体村民，都请注意，
　　　咱村后山，已成林地。
　　　封山禁牧，一定牢记，
　　　放牛放羊，决不允许。
　　　带上火种，更不能去，
　　　谁敢违反，要关紧闭。
　　　注意，注意！牢记，牢记！

（唱）大叔听罢心里恨，
　　　"呸！封了山，
　　　叫我的羊羊吃个甚？
　　　没羊不能把钱挣，
　　　咪儿也少不了打光棍。
　　　低下头来定一定，
　　　对！咱投机取巧钻个空。

再说来，
只要不把林区进，
法律也对我不管用。"

说也说，就起身，
羊群在前人后跟。
赶上他的羊一群，
急急忙忙往前行。
眼看就要进树林，
忽然间，
冒出一个年轻人。
要知来得什么人，
咱先把他说分明。
他就是，
十九岁的孙晓峰，
办事认真又细心。
多年来，
他爹有病受贫困，
贫困户里挂了名。
为让他家早脱贫，
政府让他来护林。
谁要敢把林区进，
他就和谁要拼命。
他看见，
大叔羊群往前行，
三叉两步往上冲。
"我是奉命来护林，
想要进去万不能。

核桃树苗初长成,
管护任务实不轻。
封山禁牧搞得硬,
高秆作物也不能种。
《森林防护条例》有规定,
谁敢违反就要判刑。"

大叔一听动脑筋,
"晓峰呀,
这大人说话你要听。
大叔我,
《森林防火条例》早学通,
'封山禁牧'也执行。
放心吧,
如果我把林区进,
等于是,
自己钻在'黑风洞'。
我就在,
林区外面转一阵,
不能叫你难行动。
如果说你不相信,
我用人格做保证。
男子汉,
嘴里说甚就是甚,
这可不是瞎起哄。
再说来,
我办事也挺谨慎,
法律的高压线谁敢碰。"

说得晓峰松了劲，
再没啦把大叔问。
大叔他，
走了一阵又一阵，
觉见腰酸腿乏困。
抽支烟，解解闷，
吸了几口也不顶用。
坐在地上定一定，
歇着歇着就做起了梦。

他梦见，
卖羊卖得好行情，
前村后舍寻媒人。
这一天，
媒人上了他的门，
引得个汝子好惹亲。
脑上头发黑津津，
脸圪蛋蛋红腾腾。
杏子眼眼花喷喷，
柳叶眉毛弯弓弓。
蒜瓣鼻鼻立能能，
玉米牙牙白生生。
口红抹得红棱棱，
眉棱骨上还丑个红印印。
撩眉眉，刷鬓鬓，
走起就好像个神棍棍。
红袄红裤一身身，
哟！怎么这地个惹亲亲。

盯住看了多一阵，
看着看着不会动。
爷爷家，
过两天我熬成了炒面神，
以后可么就能常显灵。

大叔梦得正高兴，
啊呀呀，
腿上这是有个甚。
又是痒，又是疼，
怎么就像火烧人。
睁开眼睛看得清，
啊呀！原来是他的烟头子烧着林。

大叔一见着了紧，
可么跳在红火坑。
正是愁得脱不了身，
又看见，
羊群进了小树林。
这边是，
大火烧得轰轰轰，
那边是，
山羊啃树噌噌噌。
大叔他，
心里怕得圪森森，
怯水流得滋淋淋。
不用说判刑不判刑，
这会就烧得活不成。
眼看见大叔命难存，
山底下上来了一伙人。

原来是，
护林员，孙晓峰，
后边还跟不少人。
有的救火担的桶，
有的吼得叫抓紧。
有人把，
羊群赶出小树林，
想要啃树再不能。
有人把，
大火扑灭立下功，
人人夸赞是英雄。
还有的，
朝着大叔喊不停，
"你躺在地下快打滚，
虽然说这水火最无情，
无论如何不能叫伤了人。"

大家打火多一阵，
齐心协力起作用。
孙大叔，
衣服烧开几颗洞，
站在原地发了愣。
"这回损失太惨重，
差点要了我的命。
都怨我，
没啦听从党号令，
投机取巧寻倒运。
自作自受罪孽重，
再后悔吧么顶个甚！

我要到,
政府自首去报名,
叫把我,
严重处罚抓典型。"
大叔他,
自己走进了政府的门,
坦白从宽要重做人。

经过评估又鉴定,
林木损失不算重。
孙大叔,
虽然没把监狱进,
但可是,
烧伤留下后遗症。
他说是,
"愿意受教育来受批评,
以身说法教育人。
就要政府不判刑,
我愿意义务来护林。"
大叔他,
赶着羊群回家中,
改成圈养搞创新。
他又说,
"挣的钱要交罚金,
连本带利都要清"。
孙大叔他说的话是假是真,
下一回书文咱再说分明。

创作于2019年11月28日

临县快板

临县快板

临县快板是临县传统的曲艺说唱形式之一，起初表演者一手拿竹板，一手拿齿弓（木板制作，一面为锯齿状），表演时竹板打节奏，齿弓借节奏空隙间"拉花"，起伴奏的烘托效果。抗战时期，湫水剧社在县内演出，带来了说唱节目《莲花落》，用一大一小两副竹板，说唱时，左、右手各执一副，小竹板打节奏，大竹板打出"花样"。智慧的临县人就将这两种艺术融为一体，产生了现在的临县快板。临县快板表演时一般都用方言说唱，以七字句为主，句句合辙押韵，可以单人说唱，也可以二人对说或多人合说。

临县音乐快板

临县音乐快板是随着文化的多元化发展和外界的影响，所产生的一种音乐、舞蹈与说唱结合体，多为群口说唱加伴舞。它的优点是比传统快板能够更好地营造气氛，缺点是演员大多侧重于舞蹈，而没有曲艺说唱功底，所以道字不清，再加上节奏较快，所表达内容很难让人全部听懂。

话选举

(快板)

曾有一段时期，农村村委换届很是混乱，有些人不考虑如何能做好农村工作，也不考虑自己有没有能力胜任这一岗位，而只是一心想要一顶村委主任的"乌纱帽"，更有人为了达到这个目的不择手段，导致农村换届选举很是混乱，丑态百出。此作品揭露了部分农村村委换届的不良现象，反映了作者的内心期盼，曾在2012年正月十五元宵秧歌晚会上演出，并由临县电视台现场直播，群众反响强烈，起到了一定的引导教育作用。此作品发表于《湫虹》2012年第2期。

打竹板，响连声，
说段选举大家听。
去年十月快过冬，
村里刮开了一股风。
说是又要选主任，
看谁的票子顶得硬。
主任位子几家争，
拉帮结派招起兵。
包下饭店开了荤，
天天犒劳众乡亲。
设下陷阱迷魂阵，
捉哄（哄骗）村里的老百姓。
听见这话我心不顺，
村里走窜探究竟。

吃了早饭洗了脸，
看表已经快十点。
来到村里十字街，
见一伙人们正拉闲。
老张说：
"啊！这民主选举就是好，
群众掌权当领导。
有人为了拉选票，
真是磕头又祷告。
未曾开口面带笑，
'爷爷奶奶'撑上叫。
可是他，
本来素质就不高，
为人处事更炽焦。
人家跳，他也跳，
目的甚也不知道。
工作方法不思考，
就是想要乌纱帽。
如果掌权瞎胡闹，
唉！这村里肯定要乱套。"

老李说：
"哎！你这人，太死相，
考虑问题不妥当。
如今政策早开放，
有本事的叫往出亮。
能跳的都出了长（有出息），
不能跳的是窝囊。
选主任要选好将，
拳头里要有力量。
管它思想不思想，

就要有钱胆就壮。
再说来，
你不上，我不上，
谁当上圪（上去）也一样。"

这个说：
"唉！如今社会抓经济，
动不动就人民币。
就算是你不同意，
谁家爹的能拦地！
咱在这里瞎争议，
争来争去顶个屁。
依我说，
咱们也要讲实际，
不能和钱没关系。
谁给我，我选谁，
谁不选了谁是驴。"

那个说：
"不说李，不说张，
谁想当了叫谁当。
如果当上不像样，
咱就上访去告状。
告到县，告到乡，
一直告到党中央。
要好看要山水大（临县音dàng），
咱就来这个'跌大浪'。"

听见这话不顺当，
我也这里开了腔。

我说是：
"大家不要这样讲，
咱们都要有理想。
主任准备叫谁当，
心里要有总主张。
要想想，
谁能凝聚众力量，
谁能带咱打胜仗。
谁有文化有修养，
谁能掌舵把方向。
谁是铁，谁是钢，
谁能带咱奔小康。
万不能，
见钱眼开上了当，
迷离糊涂瞎煨烫（盲目选择）。
如果好人选不上，
造成损失难估量。"

说得大家开口笑，
"呀！还是人家林峰有一套。
党员就是觉悟高，
咱们也要来赶超。
投票时要深思考，
小心上当倒下'宝'。
一定要，
选出核心领头鸟，
新农村建设掀高潮。
掀——高——潮！"

创作于2012年1月

老区旗帜更鲜艳

（群口音乐快板）

自改革开放以来，家乡临县的变化日新月异，特别是党的十八大之后，临县人民早日脱贫致富奔小康的旗帜更加鲜艳。此作品真实再现了临县的崭新面貌和临县人民追求美好生活的决心。此作品发表于《湫虹》2012年第4期。

打竹板，连声响，
心里话儿讲一讲，
近几年，
咱们临县大变样，
胜利的凯歌到处唱。

临县地上有红枣，
深层加工变珍宝，
一日三枣不变老，
世界流行都知晓。
临县地下有煤炭，
取不尽来采不断，
六家集团都能干，
安全生产无隐患。
碛口开发搞旅游，
晋商文化古码头，
历史名镇显春秋，
外国学者称一流。

劳务输出新观念，
技术培训多方面，
为了小康梦实现，
老乡遍布全世界。

农业大县农为主，
玉米黑豆马铃薯，
临县人民能吃苦，
奋斗精神是基础。
湫川上下蔬菜棚，
科学种植搞创新，
有机食品都公认，
绿色环保有保证。
副业养殖创一流，
养鸡养猪又养牛，
朝阳牧场为龙头，
带动一片争上游。
临县道情获大奖，
伞头秧歌人欣赏，
三弦一响说书场，
唢呐吹出喜洋洋。

基础设施不放松，
道路硬化早开工，
村村通，户户通，
条条大道通"民心"。
三条铁路正修建，
两条高速兑了现，

临县人民闯世界，
四通八达更方便。
合作医疗吹春风，
最低保障暖人心，
农业补贴情更深，
农民领上养老金。
农家书屋供学习，
健身广场练身体，
村村路灯都亮起，
现在过去没法比。

新城建设多方面，
旧城改造搞扩建，
城乡结合连成片，
面貌天天在改变。
斑马线，红绿灯，
行车路线上下分，
辛勤劳动环卫工，
挥去汗水讲卫生。
座座高楼顶天地，
做饭用上天然气，
集中供热高科技，
十冬腊月显春意。
公共厕所到处见，
干净卫生又方便，
一天几次到里面，
没人让你说感谢。

西山公园开始修，
昔日荒山变绿洲，
登上木塔乐悠悠，
凤城全貌眼底收。
湫河筑起橡皮坝，
两岸公园都绿化，
桂林山水甲天下，
湫川面貌也不差。
文化广场搞文艺，
秧歌广场新设计，
工会广场黄金地，
市民广场人欢聚。
湫河岸边看喷泉，
坐上公交逛公园，
人人脸上露笑脸，
文明礼貌更和谐。

三项整治见实效，
城乡到处新面貌，
垃圾废品不乱倒，
空气清新人欢笑。
大排查，大接访，
矛盾化解人夸奖，
群众满意齐鼓掌，
齐声歌颂共产党。
十八大，擂战鼓，
春风浩荡红旗舞，
与时俱进迈大步，

奔向小康上高速。
说临县，道临县，
临县面貌大改变，
科学发展新观念，
排除万难找关键。
目的是，
和谐文明连成片，
群众满意都如愿，
小康生活早实现，
老区旗帜更鲜艳。
更——鲜——艳！

创作于 2012 年 11 月

"治病"

（对口快板）

近年来，在党的各项惠民政策落实到位的同时，国家的"公共卫生健康服务"给广大人民群众带来了热情的医疗服务和就医保障，但是，广大群众健康意识依然很淡薄，对健康体检做不到积极参与。时任兔坂镇中心卫生院院长的王玉明最先想到了利用地方文艺形式宣传健康体检，让作者创作了临县三弦书、临县快板、临县伞头秧歌等形式多样的多个文艺作品，由作者和他的恩师康云祥等知名艺人多次宣传演出，并刻录成光盘赠送给广大群众观看，起到了很好的宣传效果。表演时，作者扮演甲，康老师扮演乙。此作品发表于《湫虹》2014年第4期。

甲：　　打竹板，真高兴，
　　　　再给大家说一阵。
乙：　　说一阵，说一阵，
　　　　这给大家说个甚？
甲：　　康老师你实在笨，
　　　　这些问题还用问。
　　　　卫生院家搞活动，
　　　　不是体检是治病！

乙：　　你这后生尽起哄，
　　　　胡说八道不吉庆。
　　　　就像我，
　　　　一不疼，二不痛，
　　　　浑身没啦一点病。

　　　　　　身上骨头比铁硬，
　　　　　　活一百岁也不是梦。
　　　　　　什么体检瞎倒运，
　　　　　　兑空还不如送回粪。

甲：　　　　哎！康老师你不开窍，
　　　　　　健康体检很重要。
　　　　　　化验血，化验尿，
　　　　　　量了血压测心跳。
　　　　　　有了毛病早知道，
　　　　　　及早治疗见实效。
　　　　　　不体检，
　　　　　　一旦发现事不妙，
　　　　　　结果是，
　　　　　　儿女穿白又戴孝。

乙：　　　　林峰你还很年轻，
　　　　　　很多事情没啦经。
　　　　　　人的生死由天定，
　　　　　　活多活少全是命。
　　　　　　在过去，
　　　　　　天天地里去劳动，
　　　　　　一年四季不生病。
　　　　　　现如今，
　　　　　　坚持锻炼吃补品，
　　　　　　半身不遂还得脑梗。

甲：　　　　过去医学不先进，
　　　　　　活多活少全靠命，
　　　　　　现在体检早行动，

提前预防能对症。
虽然吃药起作用，
饮食方面要注重。
合理膳食科学性，
营养可不能误下空。

乙：　每天起床六点半，
先喝牛奶再鸡蛋。
白面大米不想看，
猪肉牛肉来回换。
又剥葱，又捣蒜，
羊肉饺子不稀罕。
一日三餐不跌断（间断），
营养还是供得慢？

甲：　吃饭不在多与少，
要看质量歪与好。
如今市场有假冒，
甚东西也敢伪造。
垃圾食品假饮料，
地沟油还抢得要。
看圪（看上去）吃得通花哨，
到底是甚鬼知道！

乙：　自古打树要寻根，
看来这病真不轻。
色素激素瘦肉精，
想起来就发恶心。
就此下去不改正，
以后恐怕更严重。

　　　　　林峰你的脑子灵，
　　　　　希望寄予伢年轻人。

甲：　　还是您老有经验，
　　　　有些问题你早发现。
　　　　你曾说，
　　　　有的人们为挣钱，
　　　　人伦道德没底线。
　　　　还有的，
　　　　贩卖假药把人骗，
　　　　不怕你进了阎王殿。
　　　　咱们要，
　　　　文艺宣传新观念，
　　　　等于叫他住医院。

乙：　　行行行，好好好，
　　　　咱多动笔来多动脑。
甲：　　好好好，行行行，
　　　　文艺宣传治心灵。
乙：　　行行行，好好好，
　　　　我老汉了也尽量搞。
甲：　　罢罢罢，罢罢罢，
　　　　怕你的身体不把压（不好）。
　　　　宣传要有好身体，
　　　　先到医院体检你。
乙：　　行行行，行行行，
　　　　下去就寻王玉明。
合：　　对！下去就寻王玉明！

　　　　　　　　　创作于2014年4月

拦工

（快板）

临县传来了修建高速公路和铁路的喜讯，而且是两条高速三条铁路，这让临县人民欢欣鼓舞。但是也让一些不法分子产生了发横财的念头，特别是部分村干部和地痞无赖对工程队施工百般阻挠拦工，无休止地索要好处费，致使工程进度缓慢而不能按期完工。作者创作表演此作品来告诫那些拦工的不法分子，他们拦工是违法的，是要付出代价的，同时也劝他们为临县的现代化建设献出一份微薄的力量。此作品荣获"吕梁市庆祝中华人民共和国成立 70 周年暨第十届戏剧剧本、小戏小品、曲艺、歌词征文评奖"曲艺类一等奖，发表于《湫虹》2014 年第 3 期。

打竹板，有精神，
说段快板拦工程。
近几年，
临州大地刮春风，
投资项目日日增。
高速铁路快竣工，
焦煤企业搞创新。
带来技术和资金，
临县落地又生根。
带动经济大繁荣，
财政收入再提升。
本来这是好事情，

偏偏有人想不通。
人心没足存侥幸,
天天做着发财梦。
违法乱纪瞎倒运,
唉！倒罢钻进黑风洞。

说的是,
下川里的前沟村,
有个黑皮叫秋生。
三十七八正年轻,
如今还没啦结过婚。
他赌博喝酒不务正,
惹是生非头一份。
煨三炼四搞煽动,
捉哄村里的老百姓。
也是他的时气顺,
换届时,
花钱买得个村主任。

有了权,心高兴,
可么由他瞎踢弄。
集体资产变卖尽,
谁对老子敢说甚。
呼朋友,拜弟兄,
天天起来耍酒疯。
脖子炸起二股筋,
眼睛翻在脑门心。
有人办事上了门,

吃拿卡要看心情。
有礼先看礼轻重,
没礼是梦也不要梦。
反正爹爹一根棍,
谁不服气是寻倒运。

这一天,
秋生城里喝醉酒,
摇锣散扇往回走。
刚刚走到前村口,
碰见怄鬼(无赖)郝大狗。
大狗说:
"秋生哥哥你有一手,
村里选你当头头。
如今你是甚也有,
人们都夸你活得抖。
这几天,
咱村后山修铁路(临县音lòu),
外地工程油水厚。
这些点子应该抠,
这好处不收是白不收。"

秋生摇脑圪挤眼,
"嗨!
你的那意思我理解。
你是想要几个钱,
攀得叫我也出面。"

乐得大狗腮开笑，
"哟！
还是秋生哥哥你有一套。
有件事情要相告，
不说怕你不知道。
夜黑间，
工队施工又点炮，
咱就说，
惊得咱的魂出窍。
反正工头有钞票，
给上几个这就妙。
如果不给瞎吼叫，
咱就给他往大闹。
天天工地瞎圪搅，
见了东西往烂捣。
叫他工也开不了，
非要把他整点草。"

秋生说：
"我和你有共同点，
正是看见他不顺眼。
开工时，
可底(总共)给了一万元，
以后再就不露面。
不给他点颜色看，
他还以为捉憨憨（捉哄傻子）。
再说来，
这几天我手头干，

正是没钱买纸烟。
行！
咱到工地瞎拾坎（捣乱），
要得几千算几千。"
二人厮跟肩并肩，
要到工地走一圈。

走了一阵又一阵，
秋生做起发财梦。
啊！这好不容易当主任，
不为发财图个甚。
遇上村里来工程，
真是财神上了门。
这些长头（好处）不会寻，
人家要说咱糊脑熊。
要贪生意正没本，
这些机遇要抓紧。
有了钱，能显灵，
嫊子汝子来跟一群。
这个请，那个迎，
咱也活成个人上人。

秋生想得正如意，
不知不觉到工地。
秋生说：
"嗨！马上给我停机器，
叫你们队长和书记。
你们点炮没规矩，

惊得老子不能睡。
要想工程能顺利,
也好说,
赔几个精神损失费。"

工头停工不敢慢,
掏得就把好烟散。
"主任啊!
我们开工时就把您看,
好处给了您整一万。
再要现金这不好办,
这样吧,
明天请您吃顿饭。"

秋生一扑跟前站,
把工头,
左右开弓脸上掼(扇耳光),
"再给爷爷瞎咛喃,
叫你剩下黑间饭(晚饭)。"
说也说,
又抓起颗顽石蛋,
圪炸地(击打的声音)就把脑洗烂。

当下现场很混乱,
工队只好报了案。
吓得大狗魂飞散,
夹着尾巴早逃窜。
警察行动很不慢,

不觉就在跟前站。
把秋生，
刑事拘留往里关，
秋生说：
"唉！
可么灰成'瓦卜灿'（倒大霉了）！"

刚才说得很明显，
教育为主是重点。
有人为钱不顾脸，
违法乱纪太危险。
引资开创新局面，
优化环境是关键。
县委政府新观念，
八个字来为主线。
咱们要，
开放包容自强自信共同建设新临县，
新——临——县！

创作于2014年5月

治贪治腐防百病

（快板）

2017年七一来临之际，临县纪律检查委员会要举办一场纪检人员迎七一专场文艺晚会，让作者创作一段小快板，根据他们的要求和所提供的资料创作了此作品，用文艺形式讲述了纪检部门的部分职能和相关规定。

打竹板，心高兴，
再给大家说一阵。
纪检人员不用问，
咱就说，
治贪治腐防百病。

作为一名纪检人，
一定要，
勤奋学习再求精。
讲政治，要先行，
党的领导是核心。
谁是党的核心人？
他就是，
习总书记习近平。

严履职，党号令，
两大职能要活用。
处分条例分轻重，

问责条例讲适用。
监督条例要认真,
科学运用动脑筋。
还有两点记心中,
调查、处置不落空。
这些政策要实行,
纪检队伍铸铁军。

三条禁令有规定,
首先要,
严守秘密为己任。
未批准,
不得接触涉案人,
对案件,
不得过问不打听。
如果说,
有人违反三禁令,
一定要,
调离岗位受处分。

早警示,早防患,
四种形态要开展。
红红脸,出出汗,
自我批评人称赞。
党纪处分不护短,
违纪处理要严管。
重处分,严查办,
数量减少人期盼。
严重的,

违纪违法要立案，
重警示，
最好无人来违犯。

守规则，永不变，
五大内控要健全。
纪检、信访两方面，
受理移送不掉链。
执纪监督不改变，
执纪审查立案件。
案件监督把关严，
案件审理找根源。

六大纪律是根本，
严格执行零容忍。
政治纪律如铁硬，
组织纪律不触碰。
廉洁纪律搞廉政，
遵守纪律人尊敬。
工作纪律负责任，
生活纪律守本分。

明责任，深思考，
七大利器是法宝。
对组织，
问责方式要知道，
检查、改组和通报。
如果是，
党的干部和领导，

通报、诫勉少不了。
组织调整按需要，
失职者，
辞职降职能免掉。
还有那，
纪律处分不动摇，
具体看，
你是犯了哪一条。

八项规定是重点，
全面落实抓长远。
第一项，
深入基层常调研，
向群众，
虚心学习多了解。
第二项，
会上讲话抓重点，
小会议，
不必要的要减免。
第三项，
文件简报要精简，
讲实用，
主题不能扯得远。
第四项，
规范出访抓关键，
绝不能，
大搞迎送摆场面。
第五项，
道路交通少警戒，

不扰民,
多给群众行方便。
第六项,
新闻报道要简短,
不吹捧,
实事求是树典范。
第七项,
文稿发表不能乱,
不作秀,
注重形象人称赞。
第八项,
勤俭节约要清廉,
讲平等,
严守纪律没特权。

党要管党责任重,
从严治党再推进。
持之以恒志坚定,
久久为功千古颂。
纪检人员是"医生",
治贪治腐防百病。
打铁必须本身硬,
自身建设是根本。
咱们要,
共同营造风清气正好环境,
早日实现中国梦,
中——国——梦!

创作于 2017 年 6 月

"双千固基"传捷报

（群口音乐快板）

"双千固基"是时任吕梁市公安局局长王武道在 2010 年提出来的一项举措，即派一千名优秀干警，进驻丁个村庄，结对帮扶来促和谐保稳定。本作品就是讲述此举措的相关内容和取得的成果，同时赞扬那些默默无闻、无私奉献的忠诚卫士们！此作品发表于《湫虹》2013 年第 1 期。

打竹板，齐欢笑，
欢歌笑语新年到，
临县公安新面貌，
说一说，
"双千固基"传捷报。

自从建国到如今，
公安屡屡有战功，
人民群众守护神，
服务一方保安宁。
惩恶扬善是本分，
除暴安良为己任，
社会和谐又安定，
公安最受人尊敬。
但可是，
随着社会现代化，
科学办案决高下，

办案水平提高啦，
警民距离却拉大。
深入群众减少了，
基础工作薄弱了，
公安形象淡化了，
唉！
就此下去不得了！

市局局长都知道，
高瞻远瞩有一套，
社会安定要实效，
防患为主很重要。
工作方法深思考，
继续创新动头脑，
深入调查来回跑，
多方了解细探讨。
社会为啥不稳定，
怎样才能没矛盾？
基层工作要理顺，
警民关系怎拉近？
深思熟虑定方案，
明确以后怎么办，
深入群众大开展，
"双千固基"扎实干。

优秀干警一千名，
进驻千村下基层，
促和谐，保稳定，

动员大会委重任。
市局领导一声令，
十三县局齐响应，
组织机构早制定，
精兵强将齐上阵。
进企业，到乡村，
同吃同住心连心，
知心话儿拉不尽，
警民关系鱼水情。
化矛盾，解纠纷，
农村基层深扎根，
暂不说，
市局连连立战功，
咱再说，
临县公安面貌新。

县局党委巧安排，
赵局挂帅显英才，
"双千固基"一出台，
结合实际动起来。
科学发展为指导，
社会稳定维护好，
群众矛盾化解了，
和谐社会来得早。
重点村，重点矿，
五有五无要保障，
同时落实两个降，
平安和谐大方向。

主要领导任组长,
人员配备很理想,
齐心协力该夸奖,
个个争上光荣榜。

早动员,早部署,
"双千固基"擂战鼓,
办专栏,挂横幅,
宣传工作打基础。
集中排查从头起,
区域定性先摸底,
重点村矿一百几,
二百民警驻村里。
采集到,
信息数据两千万,
帮助村民排隐患,
帮扶贫困解危难,
心系百姓人称赞。
发现群众有难点,
主动了解找根源,
村民问题都解决,
工作迈上新台阶。

驻村民警曹继峰,
赡养老农感情深,
洗衣做饭送大粪,
老人流泪太感动。
李小强,副所长,

处处都为群众想，
化解矛盾息上访，
为民造福受夸奖。
霍建照，不寻常，
及时救火要赞扬，
不顾安危进火场，
先进事迹上了网。
苗军勤，更伟大，
帮五保户传佳话，
贴近群众心牵挂，
群众对他好评价。

孟贤村民李大爷，
持续上访十九年，
家境贫困举步艰，
以泪洗面哭苍天。
樊连旺，张耀勤，
"双千固基"俩民警，
调解此事费尽心，
彻底解决显真情。
"双千固基"传家宝，
警民一家搞得好，
"双千固基"冲锋号，
安定团结新面貌。
"双千固基"见实效，
警民同唱和谐调。
"双千固基"传捷报，
小康社会早来到，
早——来——到！

创作于2012年12月

服务群众解民忧

（群口音乐快板）

  2013 年 10 月，吕梁市在离石世纪广场举行"服务群众解民忧"对话会，要求临县纪委在会上出一个音乐快板。作者以时任临县县委常委、纪委书记游福海在临县开展的"空巢老人帮扶工程"为背景创作了此作品，讲述了一个现实版的服务群众解民忧典范。在参加此次演出后，又多次下乡演出，效果良好。

打竹板，走上台，
满怀豪情唱起来，
唱起来，唱起来，
唱唱中国大舞台。

党中央，指航向，
人民团结有力量，
全国一片新气象，
胜利凯歌到处唱。
咱山西，好领导，
群众路线传家宝，
安定团结搞得好，
小康社会来得早。
吕梁市，出新招，
服务群众解民忧，
雷书记，亲自搞，
纪检监察少不了。

政风行风评议好，
对话会是不可少，
今天请来众领导，
就等群众提要求。
对！就等群众提要求！

哎！哎！
不能说得太笼统，
恐怕人们听不懂。
对！咱们要，
举个事例来说明，
以点带面赞英雄。
好！
从吕梁，到临县，
有面旗帜很鲜艳，
公仆为民真情现。
咱给大家说一遍，
行！咱给大家说一遍。

〔唱《毛主席来到咱农庄》调
四月里来枣花儿香，
游书记来到咱山庄，
深入基层访老乡，
坐在土炕上拉家常。

人民公仆很和气，
为人和善又心细，
基层走访经常去，

体察民情听民意。
东村西村来回跑，
不坐汽车靠双脚，
群众称赞都说好，
这样的领导不好找。
通过了解才知道，
有个矛盾很重要，
年轻人，
外出谋生挣钞票，
家里边，
老人没人来照料。
家中老人太孤单，
外面儿女心不安，
形成了，
和谐发展大隐患，
唉！这个问题怎么办？

临县本来贫困县，
地少人多难改变，
为了小康梦实现，
只能外出闯世界。
领导们，深思考，
这样下去不得了，
要把问题解决好，
先要把，
根本原因来查找。
在农村，
老人高龄病残多，

牵涉社会问题多，
还有一点更难说，
生活诉求特别多。
干部主动联系少，
社会服务项目少，
子女回家照顾少，
这可怎么才是好？

想出办法新思路，
弱势群体得帮助，
让那些，
爱心人士和干部，
专门对，
空巢老人来服务。
组建起，
空巢老人服务队，
设施人员五到位，
联络点，
从镇到村都齐备，
无私奉献情可贵。
抓服务，很重要，
结对帮扶都配套，
人人都有电话号，
如有需要马上到。
抓长效，看长远，
奖优罚懒不失言，
帮扶全面大开展，
好人好事大宣传。

这个办法就是妙，
多家媒体做报道，
上了网，登了报，
服务群众见实效。
干部作风大转变，
为民服务做贡献，
干群关系连成片，
和谐安定兑了现。
临县人，
安心创业谱新篇，
感恩家乡记心间，
热爱家乡永不变，
建设家乡多方面。
新时代，新观念，
飞速发展如闪电，
我们做的这一切，
祖国复兴是心愿。
刚才说的这一套，
围绕主题都知道，
这就是，
现实版的服务群众解民忧，
解——民——忧！

创作于 2013 年 10 月

教育战线创辉煌

（群口音乐快板）

在 2016 年教师节来临之际，临县教育局要举办一场专场文艺晚会，让临县高级中学出一个音乐快板。他们让作者在 3 天内完成创作任务，由于时间太紧作者就没有应承，结果在 3 天之后，他们拿着一个快板段子来找作者，说："别人写出来了，但是怎么也不满意，还得请你再辛苦一下"。没办法，作者只能根据他们的要求重新创作了此作品。

打竹板，连声响，
满怀豪情齐登场，
别的话题咱不讲，
说一说，
临县教育战线创辉煌。

十八届，
五中全会开得好，
全国人民斗志高，
你追我赶来赶超，
要实现，
中国梦是总目标。
咱临县，
脱贫攻坚掀高潮，
教育战线红旗飘，
教职人员和领导，

千斤重担肩上挑。
首先把,
存在的问题来查找,
紧接着,
发展思路出台了。

学前教育走在前,
兴建标准幼儿园,
新建改建和扩建,
多年梦想兑了现。
义务教育落实好,
九年时间真不少,
教学质量水平高,
高考达线往上飙。
中小学,有补助,
助学贷款能支付,
虽然还有贫困户,
升学读书难不住。
学杂费,书本费,
两项全免情可贵,
生活补助都到位,
广大群众得实惠。
基础教育很重要,
薄弱学校都改造,
远程教育二百兆,
身在大山上名校。

临县教育大翻身,
教研机制要创新,

六个一，抓得紧，
优师优课讲人品。
教育质量要提高，
师资队伍不能少，
招聘人才严要求，
德才兼备要确保。
办学行为要规范，
招生收费不能乱，
作息严格按时段，
违规操作要查办。

（白）哎！咱们是不是说得太笼统？
哦！对！
咱先把，
先进事例来说明。

先进学校数一中，
省级示范就是行，
学子毕业上北京，
北大录取真光荣。
临县二中在三交，
虽在乡镇别小瞧，
全校师生素质高，
考试成绩领风骚。
临县三中实力强，
今年又来新校长，
期末考试上考场，
肯定又上光荣榜。
临县四中更先进，

教学管理抓得硬，
孩子都往这里送，
三年毕业能圆梦。
临县五中黄河边，
位于古镇碛口街，
发展思路最超前，
全面发展是重点。
白文职中都知道，
群众统称叫艺校，
又学唱来又学跳，
勤学苦练有回报。
职业中学叫职中，
注重发展搞创新，
教职员工都认真，
教学精益再求精。
还有学校真不少，
一家更比一家好，
老师好，好领导，
家家争当领头鸟。
再看那，
临县县城往北面，
高级中学新修建，
这所学校有亮点，
再给大家说一遍。
对！再给大家说一遍！

三百多亩是占地，
投资超过三个亿，

十一栋楼拔地起,
教师们,
年轻有为高学历。
校园内,
景色如画风光好,
合理布局种花草,
校园外,
交通方便设计巧,
远离闹市无干扰。
素质教育为首要,
社团活动办法妙,
艺术特色有一套,
全面发展见实效。

教育战线捷报传,
推动临县大发展,
县委政府思路宽,
人才培养先过关。
凝聚人心和力量,
发展教育总方向,
好钢用在刀刃上,
胜利凯歌到处唱。
咱临县,
脱贫攻坚奔小康,
教育战线创辉煌,
创——辉——煌!

创作于 2016 年 8 月

临县教育传捷报

(群口音乐快板)

在 2017 年高考中,临县再次传来喜讯,789 名同学达二本分数线以上,65 名同学考上了重点大学,李琦同学被清华大学录取。当然,这与国家强有力的教育政策、临县县委县政府对教育的大力支持、临县教育部门领导和老师们的辛勤付出是分不开的。作者在时任临县教育局局长刘澍泽的安排下创作了此作品,一来为全县人民报喜,二来鼓励我县学子再接再厉、再创新高。

打竹板,呱呱叫,
欢歌笑语真热闹,
全民奔走来相告,
咱临县,
高考再次传捷报。
说高考,
临县一中数第一,
有个同学叫李琦,
高考状元创奇迹,
清华大学已录取。
有清华,有北大,
浙江大学也不差,
九校联盟传佳话,
咱就有,
一十二名学生把名挂。

二一一，九八五，
重点大学都清楚，
咱一中，
六十五名同学进学府，
全县师生受鼓舞。
说完一中看全县，
今年高考高境界，
二本录取报志愿，
七百八十九名同学都达线。

今年高考成绩好，
具体原因细查找。
不用找，不用找，
临县人民都知晓。
对！主要是：
县委政府好领导，
近几年，
教育投资真不少。
中小学，
生活补贴偏关照，
每一年，
七百多万都花掉。
资助教育情可贵，
还要支，
两百多万交通费。
营养餐，巧搭配，
寄宿制的农村学生得实惠。
中考高考重奖励，

都是现金人民币。
一六年，
六百多万都到位，
老师们感动掉眼泪。
近几年，
财政投资做统计，
每年至少两三亿。
咱临县，
发展教育重头戏，
鼓足干劲有底气。

临县教育搞得好，
政策支持不可少。
教育部，
改革发展深思考，
重点难点细探讨。
为了把，
中小学校都搞好，
教育厅，
规范办学行为规定出台了。
规定共有十二条，
每条都要落实好。
吕梁市，
教育局也出文件，
内容具体更全面。
第一点，
为人民服务永不变，
维护好，

群众利益是关键。
坚决要，
纠正一切不规范，
严格自律照章办。
严格检查不能乱，
违规者，
严格追究责任受批判。
还有那，
学生假日不能占，
违规补课要立案。
中小学，
招收新生有规定，
坚持免试要就近。
划片分配原则性，
公开公平又公正。

发展教育头一条，
意志坚定不动摇。
临县教育掀高潮，
存在问题莫小瞧。
乡下的，
学生都往城里跑，
城区的，
资源配置难确保。
班容不断往出超，
违规办学不达标。
在农村，
老师多来学生少，

环境更没城区好。
虽然说,
老师天天在学校,
就好像,
南山和尚照了庙(看守寺庙)。
哎!哎!
不要着急不要吵,
好政策,
政府早就出台了。
全面改薄办法巧,
均衡发展是法宝。

全面改薄不简单,
各方各面有困难。
县委政府攻难关,
全面展开捷报传。
改薄期限为两年,
投资将近三亿元。
改薄目标已明确,
全县八十八所中小学校为重点。
新建改建和扩建,
设施配备多方面。
特岗教师有志愿,
偏远山区做贡献。
多媒体,更方便,
信息交流平台已搭建。
县政府,
高度重视不落空,

人民满意是标准。
加大投资起作用,
城乡均衡是根本。
校长们,
管理水平再提升,
教师们,
教学技艺上水平。
重师德,重师风,
甘于奉献育精英。
众志成城一条心,
教育再踏新征程。
张能干,李能干,
临县教育该点赞。
无私奉献树典范,
捷报频传不间断。
育出精英千千万,
国家栋梁能实战。
美好未来人期盼,
前途光明更灿烂,
更——灿——烂!

创作于2017年8月

进城

（情景音乐快板）

此作品通过一个农村老大爷进城的所见所闻，展现出了临县县城近几年的新变化，更体现了临县文化志愿者的热情好客和尊老爱幼的文明精神。此作品发表于《湫虹》2015年第1期。

时间：2014年秋。
地点：临县县城。
人物：爷爷，80多岁，农民。（称爷）
　　　文化志愿者12名（男女各若干名）。（称志）

〔背景为县城中心
〔在音乐《小苹果》中，爷爷拄拐杖上场

爷：（白）这是哪里呀，这是哪里呀？
志：爷爷，您找谁呀，需要帮助吗？
爷：好多年没来临县县城啦，听人们说变化可大啦，想来看看，结果迷路啦！
志：那我们给您带路吧！
爷：你们是谁呀？
志：我们是"文化志愿者"。
爷：那，不用花钱吧！
志：我们是志愿者呀！
爷：噢！那就谢谢啦，咱们走吧！
志：走！

〔起音乐

　　　爷爷这边看。
　　（唱）过马路要按规定，

先要遵守红绿灯，
红灯停，绿灯行，
斑马线上走行人。

（白）您看这！

（唱）这些都是环卫工，
给咱县城讲卫生，
交警指挥献真情，
井然有序面貌新。

（白）再看那！

（唱）座座高楼顶天地，
做饭都用天然气，
集中供热高科技，
十冬腊月显春意。

（白）这里是！

（唱）市民广场人欢聚，
唱歌跳舞搞文艺，
各项设施都齐备，
心情舒畅解疲累。

〔音乐过门

爷：（白）那是什么呀？

志：　　那边是！

（唱）西山公园正扩修，
昔日荒山变绿洲，
登上木塔乐悠悠，
凤城全貌眼底收。

（白）这边是！

（唱）湫河筑起橡皮坝，
两岸公园都绿化，

　　　　桂林山水甲天下，
　　　　湫川面貌也不差。
　　（白）还有那！
　　（唱）公共厕所到处见，
　　　　干净卫生又方便，
　　　　如有需要到里面，
　　　　没人让你说感谢。
　　（白）咱们走！
　　（唱）湫河岸边看喷泉，
　　　　坐上公交逛公园，
　　　　人人脸上露笑脸，
　　　　文明礼貌更和谐。

〔音乐过门

爷：（白）这不是电影院吗，门前这是？

志：　　对！这些是！

　　（唱）文化系统宣传栏，
　　　　天天都在搞展览，
　　　　凝聚人心促生产，
　　　　推动临县大发展。
　　　　宣传敬老树榜样，
　　　　廉政建设记心上，
　　　　家乡特产品牌亮，
　　　　共塑家乡好形象。

〔火车鸣笛声

爷：（白）咦！这是什么声音呀？

志：　　爷爷，这是火车来了！

爷：　　啊，咱临县也有火车啦！那还要有铁路呢！

志：　　　　有！有！有！
　　　　（唱）咱临县，
　　　　　　　两条高速剪了彩，
　　　　　　　三条铁路通四海，
　　　　　　　火车拉，汽车载，
爷：　　　　乐得我唱起"摇三摆"。
〔唱《摇三摆》调
　　　　　　　汽车火车摇一摇来回跑，
合：　　　　给咱临县运煤炭拉红枣。
爷：　　　　带来方便摇一摇真不少，
合：　　　　脱贫致富架金桥步步高。（落板）
〔歌声落，大家齐声欢笑
爷：　　（白）唉！我活了八十多岁还没见过铁路呢！
志：　　　　爷爷，那我们带您去看看？
爷：　　　　那么远，怎么去呀？
志：　　　　咱们坐公交！
爷：　　　　对！坐公交！
合：　　　　走！
〔唱《拥军秧歌》调
合：　　　　惠民政策吹春风，
　　　　　　　临州大地面貌新，
　　　　　　　开放包容敞开门，
　　　　　　　自强自信不忘本，
　　　　　　　哎嘞哎嗨哟，哎嘞哎嗨哟，
　　　　　　　转型跨越再提升。
　　　　（还）哎嘞哎嗨哟，哎嘞哎嗨哟，
　　　　　　　早日实现中国梦！
〔摆造型，退场

创作于2015年1月

临县顺口溜

临县顺口溜

临县顺口溜起源于民间"练子嘴",又叫"四六句子"。其特点是全段没有固定韵,一般是两句或多句押韵,也可以押花韵,但必须是最后两字切音,且多用方言土语,不用道具,无须伴奏,给人通俗易懂、妙趣横生的感受。它以绘声绘色演说为全景,一个人一台戏,表演随时随地,只要编好说好,就能博得观众的喝彩。

临县新貌

(临县顺口溜)

2011年五一期间,临县要搞一场专场文艺晚会,让作者结合时政创作一段顺口溜。作者创作此作品并到现场表演,演出效果良好。

喜逢五一山欢水笑,
文艺庆祝红火热闹。
有歌有舞又唱又跳,
再说上一段临县新貌。

咱临县人民真有福气,
凭上好的县长书记。
财政收入超过七亿,
推动发展惊天动地。
支持三农依托红枣,
深层加工变成珍宝。
"一日三枣,长生不老",
世界流行人人知晓。
近几年来枣价提高,
卖得票子很是不少。

咱临县的煤炭,
真是成千上万。

六家集团全都能干,
支撑财政喜讯不断。
副业养殖养猪养牛,
一年出栏上百万头。
碛口景区专搞旅游,
滚滚黄河古渡码头。
晋商文化寻找根由,
学者专家都来追求。

提起咱的交通,
真是激动人心。
太佳高速剪彩开通,
要到太原九十分钟。
三条铁路将要建成,
坐上火车美梦成真。
村村通,户户通,
条条大道通民心。
交通局家有大功,
看见你们格外亲。
咱再说,
十万大军跑门外,
太原市还有商会。
大把票子往回带,
支持家乡最可爱。

这些扯得太远,
再说咱的眼前。
临县县城巨变,

大家都能看见。
新城建设搞得红,
旧城改造不放松。
斑马线,红绿灯,
行车路线上下分。
车辆入位不乱停,
井然有序面貌新。
随处可见环卫工,
辛勤劳动讲卫生。
公共厕所实在红,
经常等下一伙人。
高楼修起几十层,
全靠电梯来运行。
街道硬化几万米,
不怕下雪和下雨。
集中供热天然气,
一色都是新设备。
看现在,想过去,
啊呀!真能激动得流下泪。

市民广场先修起,
精心设计很得体。
五彩喷泉常喷水,
红花绿草环境美。
电子大屏没法比,
好像真人到跟底。
早晨市民组织起,
投其所好练身体。

每星期六过星期,
工会俱乐部还搞文艺。
硬化河槽新规划,
截流要筑橡皮坝。
铲车挖机好几家,
白天黑夜尽管挖。
工程车把黄土拉,
垫到两边要种花。
桂林山水甲天下,
咱临县面貌也不差。

再说当前形势,
大搞"三项整治"。
从县城到村里,
都在打扫清洗。
众志成城团结一致,
熬明达夜不嫌瞌睡。
总的目的记在心里,
要让咱的环境更加优美。

临县新貌说了一阵,
东拉西扯舌头太笨。
临县的发展道远任重,
我给大家加油鼓劲。
其他节目准备上阵,
我要退场掌声欢送。
谢谢!

创作于 2011 年 3 月

夸夸阳光农廉网

（临县顺口溜）

只有给群众一个明白，才能还干部一个清白！所以，政府建立了阳光农廉网。为了让广大人民群众更了解阳光农廉网，作者创作了此作品，发表于《湫虹》2013 年第 3 期。

大家休息我上场，
说顺口溜请欣赏，
别的话题咱不讲，
夸夸阳光农廉网。

有个后生刘铁柱，
最近成了上访户，
状告他们的村干部，
说他们：
"把集体资产全贪污，
全村老小全不顾，
只顾自己吃饱肚。"
这天跑到县政府，
硬把大门往住堵，
又是吼，又是吐，
说要埋人打下墓，
扯起一条白洋布，
上面写得很清楚：

"我村现任村干部,
贪赃枉法瞎张武(蛮干),
纪检部门有力度,
要求把他们捉拿住!"

咱纪检委的刘大川,
十二点多正下班,
下了大楼抬头观,
看见人们围成山。
大川他,
走上前来细盘问:
"有甚事,
办公室里来反映,
不要演得没礼训(礼貌),
堵住大门像个甚!"
刘铁柱,
也是吃软不吃硬,
一阵说得松了劲。
他们二人紧厮跟,
回到了,
办公室里来沟通。
二人相互谈了心,
事情原委才弄清,
原来是,
刘铁柱告村主任,
他说是,
村里财务尽"古董"。
不公开,不公正,

群众问也没处问。
村里收支很笼统,
晓不得是做了些甚!
有的群众很纳闷,
有的群众很气愤,
账目再不公布清,
就要上访到北京。

大川听完微微笑:
"看来你们还不知道,
咱临县的,
阳光农廉网搞得好,
一看你们就都知晓。"
说话中间开电脑,
连接网络细查找。
不多一阵就找到,
"铁柱来,
看伢村的公示报。"

铁柱看得很仔细,
一条一条都分了类。
认识到,
村干部清廉无私利,
自己觉得好惭愧!
"唉!我不该,
不明情况就上告,
扰乱政府瞎胡闹,
我写检查做检讨,

请伢给我戴手铐!
我还要,
告诉我们村的众老少,
叫全县人民都知道,
村务财务怎知晓?
农廉网上来查找。
先输入,
'临县阳光农廉网',
百度一下就出来了。
干群关系要搞好,
公开透明不能少。
公开工作要做好,
农廉网才是宝中宝。
阳光农廉网搞得好,
小康社会就来得早!"

创作于2013年5月

临县三句半

临县三句半

临县三句半于20世纪60年代开始在临县流行，农村、厂矿、机关和学校举行文艺晚会，尤其是专题晚会，多用此形式应急宣传。三句半表演者四人，每人各执一打击乐器（依次为小扁鼓、铙钹、小铲、顶头锣），用方言念词，一组词三句半（七言），第四句只说两三个字。表演开始，演员先绕场击奏过门曲，过门曲结束前，表演者依次序站立前台亮相。曲终，三人依序各念一句词（念词前先要击打一下自己所执乐器），第四人念最后半句，这半句往往是综合前三句，也是出彩的地方。因此，当第四人念完那半句后，四人要同时重复念那半句一次，随后再奏过门曲，开始下一段表演，如此循环往复，直至内容结束。

抗灾

(临县三句半)

2012年8月,为临县"7·27"特大洪灾赈灾义演而作。

甲：　　　咱们四人走上台，
乙：　　　这回不是显高才，
丙：　　　为甚宣传下乡来？
丁：　　　抗灾！
合：　　　对，抗灾！

甲：　　　公元二〇一二年，
乙：　　　六月初九早七点，
丙：　　　特大暴雨袭临县，
丁：　　　危险！
合：　　　嗯，危险！

甲：　　　满天乌云压山头，
乙：　　　倾盆大雨遍地流，
丙：　　　河水涨高几层楼，
丁：　　　发愁！
合：　　　唉！发愁！

甲：　　　淹了庄稼毁了林，
乙：　　　冲塌房子压了人，
丙：　　　灾情严重难形容，

丁：　　　同情！
合：　　　对，同情！

甲：　　　县委政府一声令，
乙：　　　乡村干部齐上阵，
丙：　　　省市领导来慰问，
丁：　　　感动！
合：　　　嗯，感动！

甲：　　　人间真情最温暖，
乙：　　　一方有难八方管，
丙：　　　救灾不能光嘴喊，
丁：　　　捐款！
合：　　　对！捐款！

甲：　　　这里捐来那里赠，
乙：　　　各行各业齐响应，
丙：　　　食物帐篷门上送，
丁：　　　救命！
合：　　　嗯，救命！

甲：　　　救灾援助传捷报，
乙：　　　那也不能尽依靠，
丙：　　　自救工作最有效，
丁：　　　重要！
合：　　　对，重要！

甲：　　　清理淤泥垒起墙，
乙：　　　团结互助盖新房，

丙： 艰苦奋斗作风良，
丁： 弘扬！
合： 好，弘扬！

甲： 领导干部好带头，
乙： 党员群众争上游，
丙： 抗击洪魔竞风流，
丁： 争优！
合： 对，争优！

甲： 文化下乡任务重，
乙： 先进事迹要歌颂，
丙： 摇旗呐喊齐上阵，
丁： 鼓劲！
合： 对，鼓劲！

甲： 不能光在台上吼，
乙： 救灾也要精神抖，
丙： 演完节目往下走，
丁： 动手！
合： 走，动手！

公共卫生十三项

（临县三句半）

2016年1月，为宣传"公共卫生健康教育"而作。

甲： 咱们四人到台上，
乙： 卫生宣传献力量，
丙： 公共卫生十三项，
丁： 不一样！
合： 对，不一样！

甲： 城乡居民建档案，
乙： 健康信息都规范，
丙： 随时随刻能查看，
丁： 很完善！
合： 嗯，很完善！

甲： 健康教育第二项，
乙： 到处宣传到处唱，
丙： 医疗知识不能忘，
丁： 用得上！
合： 哎，用得上！

甲： 预防接种要记牢，
乙： 各种疫苗卡介苗，

丙： 一旦得病难治疗，
丁： 急得嚎！
合： 嗯！急得嚎！

甲： 零至六岁小儿童，
乙： 保健手册常保存，
丙： 母乳喂养最合情，
丁： 要实行！
合： 对，要实行！

甲： 孕妇产妇严管理，
乙： 孕期保健经常去，
丙： 各项服务都满意，
丁： 全免费！
合： 对，全免费！

甲： 六十岁以上老年人，
乙： 免费体检送上门，
丙： 广大群众都欢迎，
丁： 深感情！
合： 对，深感情！

甲： 慢性病，高血压，
乙： 卫生院指导来保驾，
丙： 登记管理把药下，
丁： 不用怕！
合： 对，不用怕！

甲：　　　Ⅱ型糖尿高危病，
乙：　　　健康教育针对性，
丙：　　　登记管理不误空，
丁：　　　救下命！
合：　　　嗯，救下命！

甲：　　　精神病人混大油（撑好汉），
乙：　　　今要寻死明跳楼，
丙：　　　随访指导解忧愁，
丁：　　　记心头！
合：　　　对，记心头！

甲：　　　传染疾病很危险，
乙：　　　及时报告是重点，
丙：　　　隔离治疗能避免，
丁：　　　要离远！
合：　　　对，要离远！

甲：　　　食品安全最重要，
乙：　　　非法行医尽胡闹，
丙：　　　群众发现就举报，
丁：　　　打假冒！
合：　　　对，打假冒！

甲：　　　中医中药是国粹，
乙：　　　健康指导严管理，
丙：　　　胡乱用药伤脾胃，
丁：　　　往倒睡（病倒）！
合：　　　唉！往倒睡！

甲： 地方项目灵活性，
乙： 卫计局号召咱行动，
丙： 公共卫生搞得硬，
丁： 不生病！
合： 对，不生病！

甲： 高楼盖起几十层，
乙： 得了癌症等于零，
丙： 定期检查腿腿勤，
丁： 聪明人！
合： 对，聪明人！

甲： 说了一遍又一遍，
乙： 还是说得不全面，
丙： 回到后台再排练，
丁： 咱再见！
合： 好，咱再见！

劝读书

(临县三句半)

2016年4月,为宣传"第21个世界图书日"而作。

甲：　咱们四人到台上，
乙：　宣传读书献力量，
丙：　催人奋进指方向，
丁：　树榜样！
合：　对，树榜样！

甲：　不读书，不看报，
乙：　知识甚也不知道，
丙：　文盲圪蛋不开窍，
丁：　人耻笑！
合：　嗯，人耻笑！

甲：　一寸光阴一寸金，
乙：　寸金难买寸光阴，
丙：　不读诗书误一生，
丁：　一场空！
合：　唉！一场空！

甲：　头悬梁，锥刺股，
乙：　夜读三更千般苦，

丙：　　　一朝考进状元府，
丁：　　　传千古！
合：　　　对，传千古！

甲：　　　文昌庙，魁星楼，
乙：　　　关公挑灯读《春秋》，
丙：　　　学无止境争上游，
丁：　　　不罢休！
合：　　　对，不罢休！

甲：　　　宋朝赵普是奇人，
乙：　　　热爱学习下苦功，
丙：　　　半部《论语》学得精，
丁：　　　定乾坤！
合：　　　嗯，定乾坤！

甲：　　　开国领袖毛泽东，
乙：　　　《二十四史》读得通，
丙：　　　带领人民出火坑，
丁：　　　翻了身！
合：　　　对，翻了身！

甲：　　　如今更是重文化，
乙：　　　不学知识很可怕，
丙：　　　连个工作也找不下，
丁：　　　读书吧！
合：　　　对，读书吧！

甲： 不识字的装上钱，
乙： 北京市里找饭店，
丙： 开开门门扒上看，
丁： 是茅圈！
合： 啊？是茅圈！

甲： 有文化的种了地，
乙： 优先用上高科技，
丙： 施肥下种喷药剂，
丁： 按比例！
合： 对，按比例！

甲： 如果学校念书少，
乙： 图书馆里经常跑，
丙： 学着总比不学好，
丁： 办法巧！
合： 嗯，办法巧！

甲： 说一千来道一万，
乙： 勤奋学习人称赞，
丙： 时间不早咱怎办，
丁： 向左转！
合： 对，向左转！

喜迎党的十九大

（临县三句半）

2017 年 5 月，为迎接党的十九大胜利召开而作，发表于《湫虹》2017 年第 3 期。

甲：　　十九大，要召开，
乙：　　全民喜迎动起来，
丙：　　展望未来放光彩，
丁：　　喜心怀！
合：　　对，喜心怀！

甲：　　文化部门先行动，
乙：　　先进文化做引领，
丙：　　文艺宣传齐上阵，
丁：　　鼓干劲！
合：　　对，鼓干劲！

甲：　　迎接不能空吼叫，
乙：　　回顾五年很重要，
丙：　　承前启后不乱套，
丁：　　见实效！
合：　　对，见实效！

甲：　　习总书记坐了镇，
乙：　　首先考虑咱老百姓，

丙： 发展目标早确定，
丁： 中国梦！
合： 对，中国梦！

甲： 党要管党严要求，
乙： 从严治党楼上楼，
丙： "两学一做"争上游，
丁： 竞风流！
合： 对，竞风流！

甲： 打老虎，拍苍蝇，
乙： 中央开始到基层，
丙： 不管你是什么人，
丁： 不留情！
合： 嗯，不留情！

甲： "一带一路"是抓经济，
乙： 咱和全球做生意，
丙： 实力雄厚有底气，
丁： 唱红戏！
合： 对，唱红戏！

甲： 精准扶贫到基层，
乙： 结对帮扶快脱贫，
丙： 扶贫政策送上门，
丁： 显真情！
合： 嗯，显真情！

甲： 党对农民偏关照，
乙： 农民致富见实效，
丙： 党的恩情要回报，
丁： 要做到！
合： 对，要做到！

甲： 先爱国，再爱家，
乙： 善待老人你我他，
丙： 处处盛开文明花，
丁： 人人夸！
合： 对，人人夸！

甲： 全国人民一股劲，
乙： 实现强国强军梦，
丙： 美国航母到边境，
丁： 他不敢动！
合： 哎，他们不敢动！

甲： 人民军队装备好，
乙： 领土完整要确保，
丙： 收复台湾和什么鸟？
丁： 是钓鱼岛！
合： 对，钓鱼岛！

甲： 文艺宣传指方向，
乙： 到处传播正能量，
丙： "两提一创"齐向上，
丁： 树榜样！
合： 好，树榜样！

邪教害处说不尽

（临县三句半）

2017年10月，为宣传反邪教而作。

甲： 敲锣打鼓往出走，
乙： 又不唱来又不扭，
丙： 宣传科学到台口，
丁： 精神抖！
合： 对，精神抖！

甲： 崇尚科学反邪教，
乙： 全民参与很重要，
丙： 发现邪教就举报，
丁： 要做到！
合： 对，要做到！

甲： 邪教组织尽诡辩，
乙： 冒充宗教搞诈骗，
丙： 骗财骗色还骗钱，
丁： 太讨厌！
合： 嗯，太讨厌！

甲： 邪教活动很广泛，
乙： "毒瘤"随时在扩散，

丙： 人人反击来参战，
丁： 要果断！
合： 对，要果断！

甲： 邪教之人很可怕，
乙： 杀人放火还绑架，
丙： 发现有人说鬼话，
丁： 少拉呱（打交道）！
合： 对，少拉呱！

甲： 邪教害人真不浅，
乙： 四处游说不要脸，
丙： 见了他们要离远，
丁： 太危险！
合： 嗯，太危险！

甲： 邪教宣传有一招，
乙： 常说大地要火烧，
丙： 笑里藏着杀人刀，
丁： 少结交！
合： 对，少结交！

甲： 以人为本新时代，
乙： 生命第一要珍爱，
丙： 铲除邪教无危害，
丁： 再加快！
合： 对，再加快！

甲： 邪教恶毒再无比，
乙： 散布谣言阴风起，
丙： 科学解答揭了底，
丁： 人欢喜！
合： 对，人欢喜！

甲： 有人组织搞邪教，
乙： 自己盖起倒塌庙，
丙： 法律制裁戴手铐，
丁： 跑不掉！
合： 对，跑不掉！

甲： 邪教好比一只狼，
乙： 披上羊皮冒充羊，
丙： 打击力度再加强，
丁： 无处藏！
合： 哎，无处藏！

甲： 邪教害人说不尽，
乙： 坚决打击要坚定，
丙： 尽早实现中国梦？
丁： 看行动！
合： 对，看行动！

临县小戏小品

临县道情小戏

临县道情戏起源于道教说唱音乐、古代道歌发展而成，其曲调多种多样，变化多端，优美动听。现在常用曲调有大起七字调、七字调、十字调、太平调、高调、五更调、介板、浪淘沙等。这些曲调可以连串起来而且变换自如，欢快能使人兴奋，悲苦可催人泪下。2006年，国务院公布其为首批国家级非物质文化遗产保护项目。临县道情小戏与临县道情戏相同，只是剧情较为简单，剧中人物较少。

临县地方小戏

临县地方小戏是介于戏剧与表演唱之间。为了宣传的方便，在演员选用、曲调乐器的选择上倾向实用，同时，在题材上比表演唱广泛，情节上比表演唱完整，唱腔上比表演唱丰富。创作人员把广为传唱的民歌等曲调用在剧中，让人听起来有亲切感，唱起来有生活感。临县秧歌剧也类似临县地方小戏。

临县小品

近年来，随着一系列精彩小品的推出，人们越来越喜欢小品，因此，临县的文艺工作者也开始创作、表演一些贴近生活的本地小品。临县小品除语言大多为方言外，其他与大众小品没有明显的区别。

过年

(临县地方小戏)

  为了追求更好的生活环境,有多少年轻人背井离乡外出谋生,一年之中只有在过年时才回家见父母一面。如果在过年的时候儿女们也没有回家,家中的老人又是如何过年呢?本剧唱出了父母对子女的牵挂和留守老人在过年时对亲人的思念,同时也体现了农村党支部书记对留守老人的关怀。此作品在2015年临县乡镇综合文化站文艺节目选拔赛中荣获一等奖,并荣获"纪念红军长征胜利80周年和中国共产党建党95周年暨吕梁市第七届戏剧剧本、小戏小品、曲艺、歌词征文评奖"小戏小品类二等奖,发表于《湫虹》2017年第1期,入选上海人民出版社出版的《海风——2018全国戏剧创作与评论高级研修班作品集》和《吕梁市2014—2017年优秀文艺作品选集》。

  时间:2014年腊月三十。
  地点:临县某农村。
  人物:大叔,63岁,农民。(称叔)
     大婶,62岁,大叔之妻。(称婶)
     张支书,38岁,男,农村党支部书记。(称张)
  〔幕启:已贴上春联的山村远景

  开场幕后白:转眼又到大年三十,可在农村,有不少年轻人外出谋生,就连过年也很少回家。瞧!大婶又到村口等待她的儿子大宝回家过年!
  〔婶:音乐声中上场
  婶:(唱)腊月三十是年尽,
      儿不在家心里空,

说好今天回家中，
怎么连电话也打不通。

我的儿子叫大宝，
工作安排在青岛，
票票经常往回捎，
就是回家的时间少。

前天电话里已说好，
大宝今天要回来了，
等得我老婆子好心焦，
再到村口瞭一瞭（望一望）。（落板）

（白）老婆我人老心不老，
一辈子爱把文艺搞，
老汉也会唱嘴嘴巧，
就是我个人的个命不好。
四十一岁才生得个大宝，
如今还没有结婚，工作安排在青岛，
票票是给我捎得真不少，
唉！就是连个面也见不了。
你看人家过年，家家户户团圆，
我儿在外头挣钱，两年多没啦见面，
我们老婆老汉，光颜落色（孤单）实在可怜。
唯是到了黑间，一合眼就梦见咪孩回来
哩，妈的一声吼得我心垂上实在散天！

〔婶：欢乐的表情
前天，大宝打来电话，
说今儿是月尽他也回家，

乐得我打早起来，
削下山药，扎下羊肉，
做下馅子，滤下混酒（米酒），
调起凉菜，抬盐倒醋，
就等咪孩回来美美地吃上几口，
啊呀！这就是我当娘的最好的个享受。
时间不早我瞭了又瞭，瞭了又瞭，
不见回来，心慌眼跳。
哎！说曹操曹操就到，
那就好像我咪大宝，
来我快把老汉吼叫，
老鬼！老鬼！

〔叔：幕后答应

叔：（白）哎！

婶：　　回来哩！回来哩！

〔叔：系着围布急急忙忙上场

叔：　　唉！回来哩！回来哩！
　　　　这是第二十八回哩。

婶：　　这回是真的回来哩！

〔叔：张望

叔：　　唉！我看你是想儿想得疯哩，假的也当
　　　　成真哩。
　　　　啊哩来得个人嘞，这回又扑了空哩！

婶：　　唉！明明地看见是个大宝，
　　　　看着看着怎么又变了！

叔：　　大宝家妈的；你么回家炒菜，我在这里
　　　　等待，一会大宝回来，
　　　　我说："大宝家妈的！"你说："哎！"
　　　　我说："大宝回来哩！"咱吼得高高地，

叫一村家听见，看咱有多体面！
你回家，我等着！

婶：　你回家，我等着！
叔：　我等着！
婶：　我等着！
叔：　好！好！好！你等着！

〔叔：手机响起，掏出来一看

叔：　大宝打的，肯定马上就到，我接电话你瞭！
婶：　我接你瞭！
叔：　我接你瞭！
婶：　我接！你瞭！
叔：　好！好！你接！我瞭！

〔婶：整理头发，袄襟襟上擦手，整理袄襟襟后接电话

婶：　哎！啊！又不回来哩！我和伢爹挺好，养老金和低保款也早就领了。
　　　啊！吃哩！吃哩！伢爹就把汾酒也喝哩！
　　　哎！妈不想你！妈不想你！

〔婶：擦泪。叔：旁白

叔：　妈不想，爹想嘞！
婶：　咪孩出门在外小心着凉，
　　　吃好喝好要多穿衣裳，
　　　咪孩平安健康，就是妈妈最大的愿望！
叔：　我也说上几句！

〔叔：抢过电话

　　　喂！喂！挂哩！

〔婶：发呆

　　　大宝家妈的，
　　　儿回不来有我在，我来烧火你炒菜，

　　　　　吃饱喝足盖被被，一夜又长一岁岁！
〔婶：情绪稳定，掏出一张小照片看了一下，又让叔看
婶：　　老鬼！（叫板）
　　　（唱）儿子从小有志向，
　　　　　　大学毕业工作忙，
　　　　　　见不到我儿我常常看照像，
　　　　　　不由得泪汪汪。

叔：　　大宝他妈你不要太悲伤，
　　　　儿不回家只因为工作忙，
　　　　来年过年聚一堂，
　　　　合家欢乐喜洋洋。（落板）

婶：（白）唉！老鬼！想要回家浑身没劲，
　　　　　咱么坐下歇上一阵。
叔：　　唉！走！（起板）
〔叔、婶：坐下，张：音乐声中上场
张：（唱）身为支书我责任重，
　　　　　忙了大年忙月尽，
　　　　　孤寡老人要照应，
　　　　　又担水来又送粪。

　　　　　现在已经四点半，
　　　　　人家喝酒吃开饭，
　　　　　我还在村里到处转，
　　　　　再看看谁家有困难。（落板）

　　　（白）前年冬天支部换届，
　　　　　　大家支持，我，全票当选，

　　　　　　虽然名声体面，忙得邪神显艳（很厉害）！
　　　　　　哎！怨不该咱是共产党员，支部书记，
　　　　　　群众的利益就要放到首位。
　　　　　　忙了一年，浑身疲累，
　　　　　　咱也回家，吃饭早睡。
　　　　　　走！
〔张：转身看见叔、婶
　　　　　　大叔！大婶！
　　　　　　人家过年欢天喜地，
　　　　　　伢怎么是满眼落泪，
　　　　　　是不是谁招你惹你，
　　　　　　来我给伢拿个注意！
叔：　　　没啦！没啦！是咪儿大宝没啦回家！
张：　　　哎！大宝出门在外，伢也不能见怪，
　　　　　　走！到我家，我给伢倒酒炒菜！
婶：　　　张支书，不行！不行！
　　　　　　害得伢也过年不得安宁！
张：　　　大叔！大婶！
　　　　　　我是共产党员，党是人民的儿子，
　　　　　　我，就是你们的儿子！
叔：　　　大宝家妈的，你看！
婶：　　　唉！既然张支书请你，
　　　　　　亲儿不在了蛮儿（干儿子）也可以。
叔：　　　哎！张支书对咱挺不错，
　　　　　　一家人不说两家话，
　　　　　　咱把恩情全记下，
　　　　　　有机会了再报答！
张：　　　大叔！大婶！伢要感谢的不是我，
　　　　　　应该感谢共产党！（叫板）

婶：（唱）儿子大宝到门外，
　　　　妈妈把你常等待，
　　　　其他事情都愉快，
　　　　就盼我儿你早回来。

叔：　　今也盼来明也等，
　　　　等来等去又是空，
　　　　全凭支书显真情，
　　　　永远不忘党的恩。

张：　　年轻人们在外面，
　　　　对家中父母要常挂念，
　　　　孝敬老人要周全，
　　　　常回家看看抽时间，
　　　　中国梦，要实现，
　　　　善待老人是重点，
合：　　支书代儿大团圆，
　　　　党和人民心相连。（落板）

婶：（白）老鬼！
叔：　　哎！
婶：　　我的心情也好哩，怎么听见锣鼓也响起！
张：　　对！咱村的会子初二出场，
　　　　二位专家，咱也应该排练秧歌！
叔、婶：　行！那咱就一边走，一边扭，
　　　　先到学校大门口！
合：　　走！（叫板）
〔起欢快的秧歌板，三人扭两回后退场

创作于2015年11月

公共卫生进万家

（临县道情小戏）

　　公共卫生健康服务是国家众多惠民政策中的一部分，主要包括健康体检、两癌筛查、孕前孕期保健等。此作品大力宣传了孕前孕期保健和两癌的危害及预防，为临县2016年"公共卫生健康教育"宣传活动系列作品之一。

　　时间：2016年春。
　　地点：临县某农村。
　　人物：刘根根，38岁，农村已婚男青年。（称刘）
　　　　　李改改，37岁，根根妻。（称李）
　　　　　根根父，60岁，农民。（称父）
　　　　　根根母，58岁，农民。（称母）
〔幕启：农村村口上
〔母：到村口等刘、李回家，大起七字调中上场
　母：（唱）太阳一出来满山红，
　　　　　　党的政策暖人心。
　　　　　　公共卫生到乡村，
　　　　　　二孩政策吹春风。
〔转高调
　　　　　　万民欢腾，
　　　　　　以前提倡搞独生，
　　　　　　计划生育早脱贫。
　　　　　　如今形势有变动，
　　　　　　老龄化问题太严重。
　　　　　　国家允许把二孩生，

符合条件就批准。
儿和儿媳都是独生，
再生一个也能行。
孕前检查进了城，
到如今还没回来我村口等。（落板）

（白）党的政策就是好，
公共卫生更是宝。
免费体检经常搞，
二孩政策又放开了。
咪儿根根是独生，
他的负担真不轻。
四个老人要照应，
人人身上要操心。
我们的，
家庭会议研究通，
根根再把二孩生。
两口子，
孕前检查早行动，
说是要，
预防传染乙肝、梅毒、艾滋病。
如今还不见往回走，
我等他们到村口。
等得我口干舌燥，
来我再把老汉吼叫，
老鬼！

父：　　哎！

〔父：跑出来问

　　　　　　根根妈的，啊地哩（怎么啦）？

母：　　等得我口干舌头烧，

父：　　来我给你掏个健力宝。

〔父：掏出健力宝的同时带出一个药盒，母：看见

母：　　我看这是甚东西，

　　　　是吃的还是药剂？

父：　　不用看，不用看，

　　　　这是叫个叶酸片，

　　　　为了防止新生孩子有缺陷，

　　　　孕前孕后三个月，要每天坚持吃一片。

母：　　还是老鬼心细，提前往下准备。

父：　　要让小孙孙聪明伶俐，

　　　　就要科学计划，跟上形势。

母：　　站了半天腰酸腿困，

　　　　咱也坐下闲上一阵。

　　　　走！（起板：太平调）

〔刘、李：手拿一文件袋，音乐声中上场

刘：（唱）今天早上进了城，

　　　　孕前检查去咨询，

　　　　人家医生很细心，

　　　　讲得清，

　　　　又把资料给我寻，

　　　　递手中。

李：　　宣传资料很全面，

　　　　看了以后更了解，

　　　　母婴传播有三点，

　　　　　记心间，
　　　　　艾滋病、梅毒和乙肝，
　　　　　要避免。

刘：　　　孕前保健多方面，
　　　　　还要服用叶酸片，
　　　　　不乱用药常锻炼，
　　　　　要康健，
　　　　　分娩一定到医院，
　　　　　不花钱。

李：　　　新生儿疾病要筛查，
　　　　　及早发现想办法，
　　　　　预防针要按时打，
　　　　　别误下，
　　　　　营养包是按计划，
　　　　　免费拿。

刘：　　　咱的水平很有限，
李：　　　一时记得不全面，
刘：　　　资料带回家里边，
李：　　　慢慢看，
合：　　　认真学习长经验，
　　　　　长经验 。（落板）

李：（白）我的名叫李改改，
　　　　　没兄弟来没姊妹，
刘：　　　刘根根是我的名，
　　　　　兄弟姊妹一个人。

李: 四个老人要照应,
 实在觉得负担重,
 女儿已经上初中,
 准备再把二孩生。
刘: 孕前检查到医院,
 全是免费不花钱,
 这些资料很全面,
 拿回来学习长经验。
李: 对!
 咱们回家再认认真真学上一遍。
刘: 走!
〔刘、李:转身看见父母
 爹!
父: 噢!
李: 妈!
母: 哎!
 改改!
 今天检查结果咋样,
 是不是已经怀上?
李: 如今办事讲科技,
 怀孕也要做准备。
母: 这些知识我了解,
 听说是,还要吃个叶酸片!
刘: 妈!
李: 根根!
 咱妈说得很好,
 叶酸补维生素可不能缺少。
母: 医生说,

	还需做些甚准备？
	定期检查要仔细！
刘：	妈！
	体检是要体检，
	也不能邪神显艳。
母：	根根，
	一朝被蛇咬，十年怕井绳，
	那一年我医院体检误下空，
	差点要了我的命。
刘：	妈！（起板：十字调）
	（唱）想当年妈妈你身强力壮，
	又能担又能背浑身力量。
父：	忽发现乳房上有了肿块，
	到医院一检查晚期乳癌。
母：	又化疗又手术花钱不少，
	又借钱又贷款窑也卖了。
李：	如果说当年有两癌筛查，
	早发现早治疗早想办法。
刘：	为挣钱我和爹省城打工，
	家里头全凭了改改照应。
父：	救回了你妈的一条性命，
	改改是好儿媳留下美名。
母：	现如今卫生院下乡体检，
	要检查十几项非常全面。
李：	为了让众乡亲更加了解，
合：	咱应该多宣传再做贡献。（落板）

母：（白）改改！
　　　　咱要宣传也行，首先咱要学通。
　　　　甚叫两癌三高，这些你是否知晓？
李：　　妈！你听！（起板：高调）
　　（唱）妈妈你听，
　　　　两癌三高是易发病，
　　　　这些我都学得通。
　　　　乳癌晚期要人命，
　　　　子宫癌也是很严重。
　　　　高血脂血稠流不动，
　　　　高血压容易得脑梗。
　　　　高血糖就是糖尿病，
　　　　两癌三高都说清。
　　　　公共卫生为人民，
　　　　定期体检到农村。
　　　　票票不用咱花一分，
　　　　检查全面又细心。
　　　　广大群众喜心中，
　　　　都夸咱共产党的恩情深。（落板）

合：（白）对！
父：　　吃水不忘谁挖井，
母：　　翻身不忘毛泽东！
刘：　　明早起！
　　　　卫生院体检来咱村，
李：　　那咱就，
　　　　提前宣传早动工。
父、母、刘：　行！

合：	不能让灾难再发生，
	走！（起板：太平调）
父：（唱）	公共卫生献力量，
母：	大力宣传到处唱，
李：	全民健康是总方向，
	记心上，
刘：	永远跟着共产党，
	共产党。
父、母：	健康关系着你我他，
李、刘：	预防治疗两手抓，
合：	公共卫生进万家，
	跨骏马，
	处处盛开幸福花，
	幸福花。
（还板）	处处盛开幸福花，
	幸福花。（落板）

〔摆造型，音乐声中退场

创作于 2016 年 4 月

假离婚

（临县道情小戏）

在晋西农村，常有一些不孝敬公婆的年轻妇女，动不动就以离婚威胁丈夫及家人，但大多数是假离婚。这一天，剧中人物李小英又以同样的方式威逼丈夫刘卯生不得孝敬父母，同时虐待公婆，在万般无奈的时刻，刘卯生也想出了一个假离婚的办法来对付李小英，李小英以为丈夫要和她真离婚，便道出了她是假离婚的实情，并向公婆认错，得到了公婆的谅解，全家和好。全剧喜怒哀乐穿插交替，剧情感人，具有极高的艺术性和教育性，同时也体现了文化的重要性。此作品荣获"纪念中国人民解放军建军90周年和庆祝党的十九大胜利召开暨第八届吕梁市戏剧剧本、小戏小品、曲艺、歌词征文评奖"小戏小品类三等奖，发表于《湫虹》2016年第3期，入选《吕梁市2014—2017年优秀文艺作品选集》。

时间：2016年春。

地点：临县某农村。

人物：刘卯生，男，30岁，已婚农村青年。（称生）

李小英，女，31岁，卯生妻。（称英）

卯生父，72岁。（称父）

卯生母，70岁。（称母）

〔幕启：农家小院

〔生：大起七字转五更调中急匆匆上场

生：（唱）我的名叫刘卯生，

二十岁就结过婚，

婆姨小英不像人，

对我父母不孝顺，
我对老人要照应，
她就和我闹离婚。

清明刚过刮春风，
咪妈感冒生了病，
浑身发冷头也昏，
睡在炕上不想动，
小英家里要微信，
我把咪妈来照应。（落板）

（白）我叫刘卯生，婆姨叫小英。
儿女两个孩，学习还可以。
父母很辛勤，幸福好家庭。
可是，
唉！
这家家都有一本难念的经！

〔生：叹气后抬头张望
呀！不知不觉来到咪妈院中，
来我先把咪妈叫上一声，
妈！妈！

〔母：幕后答应
母： 哎！

〔母：咳嗽着摇摇晃晃出场，父：追出扶母，生：上前扶母
卯生咪孩听妈的话，
妈来一时死不下，
不用管我你快回吧，
伢婆姨来了，没招架！

生：　　　妈！
父：　　　唉！卯生，侯侯地你念字少，
　　　　　给你迎的嫊子早，
　　　　　小英要强胡圪搅，
　　　　　啊呀！实在把咱整点了个草。
生：　　　爹！
父：　　　噢！
生：　　　妈！
母：　　　哎！
生：　　　不读书，没文化，
　　　　　因此咱家条件差，
　　　　　迎的个嫊子像恶霸，
　　　　　真是这脑上也脑不下。
　　　　　再说和她离婚吧，
　　　　　这，两个孩子谁亲呀？
　　　　　再说和她活着吧，
　　　　　唉！实在急得这肚也往烂炸。
父：　　　卯生！
生：　　　哎！
父：　　　伢妈你来见哩，
　　　　　心里也不用念哩，
　　　　　就要伢孩们活得好，
　　　　　我们心里就没烦恼！
母：　　　唉！好怪呀！
　　　　　卯生咪孩他属兔，
　　　　　迎的个嫊子属老虎，
　　　　　人常说，妻大一岁，好活一世。
　　　　　唉！不要些，咪孩一辈子活在人家的手底！

〔三人叹气，生：裤兜里发现私藏的钱，掏出来要给父母

生：　　爹！

父：　　噢！

生：　　妈！

母：　　哎！

生：　　我整整地偷地攒了三年，

　　　　攒下这一千，

〔英：悄悄出场，背后偷看

　　　　不要叫小英看见，

　　　　伢么倒醋买盐！

〔生：给母把钱递过去，母：伸手去接，又退开

母：　　不敢！不敢！

〔生：回头叹气，又把钱给父递过去

生：　　爹！

〔父：急忙摆手退开

父：　　怕了！怕了！

〔生：回头，又气愤地把钱递过去

生：　　荷起（拿上）！

〔英：一把抢过钱气愤地骂道

英：　　狗日的！

　　（唱）卯生你呀，（直起高调）

　　　　千不该你万不该，

　　　　你不该跑到这里来。

　　　　今天你要给一千块，

　　　　以前你还给过多少回（临县音 huái）？

　　　　不给我老实来交代，

　　　　我和你要离婚两分开。（落板）

〔英：手指着二老
　　（白）伢就不是些好东西，
　　　　怎么能教出好子弟！
母：　　孩！我们待你如亲生，
　　　　亲你尽够十二分，
　　　　洗锅做饭倒尿盆，
　　　　你，你可不能没良心！
英：　　哼！
父：　　那年你在月子里，
　　　　身体虚得爬不起，
　　　　八九个月伺候你，
　　　　你怎么能不讲理！
英：　　伢伺候我为了甚？
　　　　还不是怕伢儿打光棍！
父：　　举头三尺神看得清，
　　　　你说这话心不惊！
〔英：跺脚大哭
英：　　啊呀！
　　　　我自从进了伢的门，
　　　　跟上伢儿受了穷，
　　　　我和伢老小都伤着心，
〔英：思索片刻，恶狠狠地说
　　　　不行！把你卯生，脑子不清！
　　　　下定决心，坚决离婚！
〔生：无奈地双手拍大腿，边叹气边蹲下
生：　　唉！
〔英：面向观众得意地偷笑，又指着父、母
英：　　把伢两个老不死的，
　　　　世上好人死一层，

　　　　　　　神神怎么不显灵,
　　　　　　　叫伢早死早转生,
　　　　　　　再没人说我不孝顺!

〔母:咳嗽不止
　　　　　　　咦!咦!咦!往下死,往下死!

〔英:说着一把将母摔到地上,狠狠地跺脚
　　　　　　　哼!

〔英:站到一边去玩手机,父:缓缓地扶起母

母:　　　　老鬼!(起板浪淘沙)
父:　　　　(唱)卯生妈你莫伤心,
　　　　　　　身体最要紧,
　　　　　　　都怨咱没文化家里穷人老不中用,
　　　　　　　哎嘞哎嗨嘞,两个苦命人哎嗨哟。

〔转十字调
母:　　　　四十岁才生得一个卯生,
　　　　　　　读书少没文化咱是农民。
父:　　　　娶回个李小英礼训不通,
　　　　　　　搅得咱一家人不得安宁。
母:　　　　思过来想过去主意拿定,
　　　　　　　为亲儿咱二人去把死寻。
父:　　　　要寻死撂不下儿和孙孙,
　　　　　　　等小英转心意咱讨吃求人。(落板)

〔父、母:同叹气
父:　　　　(白)从今开始咱讨吃要饭,
母:　　　　老婆老汉相依为伴,
父:　　　　不管要受多少苦难!
母:　　　　唉!小英能转变,咱就不用拆离打散!
父:　　　　早了枣圪垯,

母：　　　迟了迟家塔，
合：　　　咱活到啊垯（哪里）算啊垯！
　　　　　走！
〔生：突然站起说
生：　　　慢着！
　　　　　爹！
　　　　　妈！
　　　　　这人善被人欺，马善被人骑。
　　　　　我想得一个办法，
　　　　　说不定能救咱全家。
〔生：摆出一副要打架的样子
　　　　　伢都离开，来我看乃（她）！
〔生：向英要动手，走到跟前又害怕地退开，再三考虑后说
　　　　　你不是要离婚？
　　　　　你要离，咱就离，
〔生：说着一把将英拽到一边，手指着说
　　　　　谁不离了谁是驴！
〔英：左手叉腰，右手指生，恶狠狠地说
英：　　　嘲儿（傻子）养的个夹生的，
　　　　　牛还能吃了个赶车的。
　　　　　你要离，咱就走，
　　　　　谁不走了谁是狗！
〔生：稍作考虑后说
生：　　　走！
〔生：拉住英要走，英：后悔了，不去
英：　　　你真的要离婚？
生：　　　真的！
英：　　　唉！你怎么能烂心肠，
　　　　　离婚了，咱孩们就没亲娘。

生：　　　你是娘？你是狼，
　　　　　你走了比在着强！
　　　　　离婚！走！

〔生：向父、母征求意见，父、母：表示不敢，生：表示不怕
　　　　　离婚，现在离，马上离！

〔生：说着一把拉住英要去离婚

英：　　　我不离，我不离，
　　　　　我愿意当一头驴。

生：　　　不行，走！走！

英：　　　我不走，我不走，
　　　　　我愿意做一条狗。

生：　　　早着时些不改，这会才后悔，
　　　　　迟了！离婚！走！走！

〔生：更加强拉英，英：更不走，并用哀求的目光望着父、母喊

英：　　　爹！
　　　　　妈！

〔父、母：要上前拉架，生：故意高咳嗽一声，父、母：退开，英：挣脱生扑向父、母，高喊

英：　　　爹！
　　　　　妈！（起介板）

〔英：喊妈时向父、母跪倒
　　　（唱）爹爹呀，妈妈呀，
　　　　　我不离开咱的家。
　　　　　爹爹妈妈劝劝他，
　　　　　以前我离婚都是假。

〔介板转十字调
〔父、母：扶起英
　　　　　因为我没文化素质太低，
　　　　　对公婆不孝敬不讲道理。

　　　　　　　从今后我一定痛改前非，
　　　　　　　我就是你们的亲生闺女。
〔母：将英亲热地抱在怀中
母：　　　既然你已经是回心转意，
父：　　　以往事如云烟不用再提。
〔英：拽了一下生，意在让他原谅
生：　　　看来是爹和妈都原谅你，（绕板）
〔生：走向母炫耀自己的办法好，母：高兴地点头，生：又走向父炫耀，父：竖起大拇指
　　　　　　　罢！罢！罢！退一步全家欢喜。（落板）

英：　（白）爹！
父：　　　噢！
英：　　　妈！
母：　　　哎！
〔英：掏出刚才抢去的那一千元钱
　　　　　　　这是一千伢么荷起（你们拿上），
　　　　　　　表达一下我的心意。
〔父、母：高兴地接起，激动地说
母：　　　可以，可以，
　　　　　　　这比过年也欢喜！
父：　　　就和这地了，我们也能多活几岁！
〔英：走到生跟前撒娇地说
英：　　　我是和你假离婚，
　　　　　　　你就和我真离婚？
生：　　　呀！我也是和你假离婚，
　　　　　　　你就当成真离婚！
父：　　　真是假来假当真，
母：　　　真真假假分不清，

英、生：	夫妻二人假离婚，
合：	假出个家和万事兴！（起板太平调）
父：（唱）	说书唱戏劝世人，
母：	善待老人要记心中，
英：	公婆也是父母亲，
	哎嘞哎嗨哟，
生：	要以真心换真心。
	换真心哎嗨哟。

父、母：	刚才唱的是假离婚，
英、生：	主题明确意义深，
合：	构建和谐大家庭，
	哎嘞哎嗨哟，
	早日实现中国梦！
	中国梦哎嗨哟！（落板）

〔摆造型，音乐声中退场

创作于2016年4月

扶贫记

(临县道情小戏)

在当前,精准脱贫是各级政府工作的重中之重,单位包村、个人包户,并且对每个贫困村都选派了一名驻村第一书记。此作品就讲述了一名农村第一书记对贫困户的帮扶经过,并详细阐述了党的各项扶贫政策。此作品发表于《湫虹》2019年第2期,入选《临县精准扶贫文艺作品专辑》。

时　间:2016年秋。

地　点:临县某农村。

人　物:林大嫂,62岁,寡妇,农民,贫困户。(称林)

　　　　张书记,37岁,男,驻村第一书记。(称张)

　　　　老秦,63岁,光棍,农民,贫困户。(称秦)

〔幕启:清晨太阳出山,林大嫂等待第一书记到她家来

〔林:大起七字调中上场

林:(唱)太阳一出来满山红,

　　　　精准帮扶暖人心。

　　　　共产党,爱人民,

　　　　处处想着咱老百姓。

　　　　惠农政策送上门,

　　　　要让农民早脱贫。

　　　　艰苦奋斗学长征,

　　　　脱贫攻坚向前进。

　　　　精准帮扶责任重,

　　　　第一书记驻了村。

　　　　今天要来我家中,

　　　　　说是要帮我早脱贫。
　　　　　前天和我有约定，
　　　　　今早上让我在家里等。（落板）

（白）我的名字叫林巧，
　　　人们都叫我林大嫂，
　　　短命老鬼走得早，
　　　唉！经过的困难知多少！
　　　咪儿打工到军渡，
　　　我生活过得更艰苦，
　　　支书主任偏照顾，
　　　村里定成我贫困户，
　　　今早上，
　　　第一书记要来上门，
　　　说是要帮我早脱贫

〔林：思考动作

　　　　　对！
　　　　　我先看他政策有没有学通，
　　　　　工作是不是诚心。
　　　　　如果能过关我就脱贫，
　　　　　如果不行，
　　　　　我就向上级反映，
　　　　　叫政府撤换第一书记，
　　　　　让他马上滚——回——去！
　　　　　等了半天不来，我非常生气，
　　　　　来我先喂我的那几只公鸡。

〔林：喂鸡

　　　　　咕咕咕咕！咕咕咕咕！
　　　　　啊呀，这谷子也不多了，

　　　　　来我再拿几颗南韬黍（玉米）。（起板五
　　　　　更调）

〔林：下场，张：五更调中上场〕

张：（唱）我的工作在县城，
　　　　　精准帮扶到农村，
　　　　　第一书记责任重，
　　　　　要让群众早脱贫，
　　　　　党和群众心连心，
　　　　　同吃同住同劳动。

　　　　　今天早上起得早，
　　　　　要去帮扶林大嫂，
　　　　　路上碰上刘二小，
　　　　　血压过高跌了跤，
　　　　　送到医院去治疗，
　　　　　救回他的命一条。

　　　　　看表已经九点整，
　　　　　大嫂还在家里等，
　　　　　我迈开大步往前行，
　　　　　就像刮起一股风，
　　　　　走了一阵又一阵，
　　　　　来到大嫂院子中。（落板）

　　（白）我的工作在县城，
　　　　　精准帮扶到农村，
　　　　　第一书记责任重，
　　　　　要让群众早，脱，贫！

〔林：喂鸡上场

林：　　　咕咕咕咕！咕咕咕咕！

〔林：没注意碰上张

林：　　　啊呀呀！
　　　　　光天化日太阳红，
　　　　　啊哩来的这显，道，神！

张：　　　大嫂，是我！

林：　　　哟！
　　　　　这不是上头派来的第一书记，张书记！
　　　　　又是来传达甚旨意！

张：　　　大嫂！前天咱不是说好，
　　　　　今早上来和你把你脱贫的事探讨？

林：　　　哟！哟！哟！你还记得前天的约定？
　　　　　自己看现在几点！
　　　　　对不起！我现在没空！

张：　　　啊呀！大嫂！对不起，对不起，
　　　　　是我有事误下哩。

林：　　　哎！知错就行，知错就行！
　　　　　对，你准备叫我如何脱贫？

张：　　　大嫂，扶贫政策十几项，
　　　　　总有一项能用得上。

林：　　　你不要这里捉哄人，
　　　　　扶贫政策十几项，
　　　　　我怎么从来没啦听！

张：　　　啊呀！大嫂，你听！（起板高调）
　　　　（唱）大嫂，你听，
　　　　　扶贫政策有十几种，
　　　　　总有一项能适用。
　　　　　如果是因病而致贫，

　　　　　合作医疗救人命。
　　　　　最低生活有保证，
　　　　　五保户供养暖人心。
　　　　　六十岁以上有养老金，
　　　　　粮食直补咱年年领。
　　　　　耕种直补鼓舞人，
　　　　　农机补贴情谊深。
　　　　　农资补贴再补充，
　　　　　又退耕来又还林。
　　　　　兜底扶贫拔穷根，
　　　　　取暖补贴送上门。
　　　　　雨露工程献真情，
　　　　　大学生救助育精英。
　　　　　这些政策早实行，
　　　　　目的是让农民早脱贫。（落板）

林：（白）看来你还是下了苦功，
　　　　扶贫政策基本学通，
　　　　不过，还要学会活学活用，
　　　　要懂得具体的扶贫途径。
张：　　大嫂，你说具体的扶贫途径，
　　　　我再给你说上一阵。
　　　　具体有：
　　　　异地扶贫搬迁，特色产业扶贫，
　　　　光伏扶贫，金融扶贫，
　　　　教育扶贫，生态扶贫，
　　　　护工护理就业培训等等，等等。
林：　　说得对，说得好，
　　　　国家的扶贫政策还真不少。

只要能落实到位认真搞，
真是叫个，咱想穷也穷不了。

张： 哎！大嫂！按照咱的脱贫计划，
你是首批脱贫，
有什么好的想法，
请您给咱说明。

林： 张书记，我的情况你都知道，
如今我，有吃有喝不缺钞票，
就是一个人生活实在单调，
没啦个人相互关照，关照。

张： 啊呀！大嫂！
原来你是想要个老汉，
这个事情可真不好办。

林： 好办！好办！

张： 好办了你办！

林： 哎！张书记，
你是来扶贫，还是来哄人？

张： 唉！大嫂！不是我扶贫不诚心，
是你的这要求太过分。

林： 张书记，心里话我告诉你，
其实我心里早，有，底！

张： 哎！光说你心里有底，
人家心里是不是有你。

林： 啊呀呀！看你就把我说的，
不知道谁家爹的还扑嘞（追求）。

张： 大嫂，无地（那）你是？

〔秦：出场，在旁边偷听〕

林： 咱后村头起的老秦，
六十三岁还没啦结婚。
我看见他漂亮，他看见我惹亲，

　　　　　　　日谋夜算实在能急疯，
　　　　　　　就缺个人来沟通沟通。
　　张：　　　你就说了你的话，
　　　　　　　等我见了老秦再说吧！
〔秦：上前握住张的手
　　秦：　　　不用见哩不用见哩，
　　　　　　　咱已经是面对面哩！
　　　　　　　张书记，伢刚才说的我都听见，
　　　　　　　和林大嫂的事我早就情愿，
〔秦：说着要抱林，林：闪开
　　　　　　　就缺个人来穿针引线，
　　　　　　　还请张书记给这个脸面，
　　　　　　　让我的脱贫梦也早日实现！
　　张：　　　好好好，行行行！
　　　　　　　这也是帮助你们早，脱，贫。（起板太平调）
　　　（唱）　精准帮扶来下乡，
　　　　　　　群众困难咱帮忙，
　　秦：　　　第一书记架桥梁，
　　　　　　　哎嘞哎嗨哟，
　　林：　　　花好月圆情谊长！
　　　　　　　情谊长哎嗨哟！

　　张：　　　脱贫攻坚记心上，
　　　　　　　到处宣传到处唱，
　　合：　　　精准帮扶献力量，
　　　　　　　哎嘞哎嗨哟，
　　　　　　　携手并肩奔小康！
　　　　　　　奔小康哎嗨哟！（落板）
〔摆造型，音乐声中退场

创作于2016年10月

打击邪教助脱贫

(临县地方小戏)

国家一直以来对邪教组织严厉打击,但还是有极少一部分思想顽固的无知者四处游说传播所谓的"福音",奇怪的是,竟然还有人听信谣言上当受骗。作者应临县县委办 610 办公室安排创作了此作品,并多次到乡下宣传演出,受到了领导和群众的一致好评。

时间:2017年秋。
地点:晋西某农村。
人物:林大嫂,农村丧偶妇女,48岁。(称林)
刘芳芳,林大嫂女儿,初三学生。(称刘)
柴上旺,男,邪教传播者,40岁。(称柴)
张建华,男,驻村第一书记,36岁。(称张)

〔幕启:农村远景,林大嫂院外

开场幕后白:邪教组织具有明显的反社会、反人类特征,他们利用人们的迷信心理,常到一些家庭遭受天灾人祸的农家传播所谓的"福音",组织一些反动活动,同时借机敛财、奸淫妇女,无恶不作,严重危害着社会发展。不好!邪教组织者柴上旺又要到刚失去丈夫的林大嫂家传播"福音"!

〔柴:钉缸调中上场

柴:(唱)我的名叫柴上旺,
　　　　好事赖事我都做过。

　　　　钻神堂来入古墓,
　　　　圪溜汝子(勾引女人)混寡妇。

坟里屙屎我庙里尿，
常钻人家的下水道。

气得咪妈把黄河跳，
急得咪爹也上了吊。

公安局给我戴手铐，
我三进三出是受改造。

如今我加入了真神教，
传播"福音"我到处跑。（落板）

（白）柴上旺我不简单，
咪师傅就是曹尚栓，
近几年我眼目宽，
加入了教门腿腿欢，
东奔西走细打探，
打听谁家有灾难。
对！
前村里，林大嫂她丈夫命归阴城，
家里留下母女二人，
来我再上门传播"福音"，
呀！眼前就是她家大门，
来我先上前叫门。

〔柴：上前叫门
　　　　　开门！开门！（叫板）
〔柴：敲门后坐到一旁喝酒、吃东西，林：董四女调中上场
林：（唱）本来我是好家庭，
　　　一场车祸打击重，

可怜丈夫命归阴,
以后谁把我来照应,
苦命人。

今天是五七要上坟,
提上香纸要起身,
忽听见有人敲大门,
看一看来的是什么人,
有甚事情?(落板)

(白)唉!
本来我是好家庭,
一个女儿上初中,
丈夫领工把钱挣,
买得个新车真高兴。
那一天,
同学聚会喝醉酒,
开上汽车猛加油,
冲出护栏掉深沟,
车毁人亡泪长流。
今天是五七要上坟,
提上香纸要起身,
忽听见有人敲大门,
我看看来的是什么人?
〔林:开门,不见有人
看了半天不见人,
难道说这是鬼敲门?
可怜的丈夫你等一等,
我现在上坟就起身。

〔林：要回家，柴：上前叫住

柴：　　哎！大嫂！
　　　　等一等，等一等，
　　　　我给你说个好事情。
林：　　你是？
柴：　　大嫂！
　　　　我是慈善机构献爱心，
　　　　搭救人间落难人，
　　　　听说你家遭了不幸，
　　　　我专门前来扶危济困。
林：　　我现在要去上坟，
柴：　　那也不在这几分钟。

〔柴：进家里坐下，林：也跟进家里

柴：　　大嫂！
　　　　我来给你传播"福音"，
　　　　救你逃出水火之中。
林：　　你是传播甚么"福音"，
　　　　谁又在水火之中？
柴：　　啊呀！大嫂！
　　　　看来你还在迷途之中，
　　　　来我给你指点迷津。
　　　　这大地即将被火焚烧，
　　　　世界末日就要来临。
　　　　只要你信奉了万能的真神，
　　　　到时候，就会有方舟来把咱接引，
　　　　把你带到西方极乐世界，
　　　　咱就能到天堂永享太平！
林：　　如果不信嘞？
柴：　　如果不信！

	就把你打入十八层地狱，
	永世不得转生！
林：	我先问你甚叫个真神，
	信了它有甚功能，
	这是甚么教门，
	是不是经过国家认定？
柴：	你问我甚叫真神，
	告诉你，真神就是所有教派的祖宗，
	联合国已经公认，
	全世界人民都信！
林：	加入组织用不用花钱，
	有甚好处，请你细说一遍。
柴：	啊呀！大嫂你听！（起板济公调）
（唱）	叫大嫂，你细听，
	听我给你说分明，
	如果你，信真神，
	好处说不尽，
	不用种地不用劳动，
	真神给你送到家中，
	哎咳！哎咳哎咳！
	无烦无恼常开心，
	一切自有神照应，
	早念经、晚念经，
	不吃不喝也不生病，
	家里要甚就有甚。（落板）
林：	（白）你说的是真的？
柴：	真的么，我还骗你啦！
林：	好！等我女儿回家中，
	我先和她商量通。

柴：　　　不用商量不用问，
　　　　　伢汝（你女儿）肯定会答应，
　　　　　来！我先给你把"得胜旗"挂起，
　　　　　你现在就能见到上帝！
〔柴：拿出"得胜旗"展开，刘：上场

刘：　　　妈！这是？
柴：　　　这些事你不用问，
　　　　　黄毛丫头懂个甚！
林：　　　芳芳，他是来咱家传播"福音"，
　　　　　说是真神能帮咱逃出火坑。
刘：　　　妈！世界上根本没啦什么真神，
　　　　　依我看，又是邪教组织害人。
柴：（背白）啊呀，这个姑娘回家中，
　　　　　恐怕要坏大事情，
〔柴：偷看刘

　　　　　啊呀！这人样样长得还通惹亲，
　　　　　倒不如，把她拐骗到山东，
　　　　　又能卖个好行情。
　　　　　大嫂，我再送你一本"圣经"，
〔柴：拿出一本书，连同"得胜旗"递给林

　　　　　你要面对"得胜旗"高声朗诵，
　　　　　要想真神能显灵，
　　　　　三天三夜不敢停，
　　　　　还有！
　　　　　你家女儿被邪神魔鬼入侵，
　　　　　我要带她回去驱邪扶正，
　　　　　记住！
　　　　　要想真神能显灵，
　　　　　三天三夜不敢停，
　　　　　走！

〔柴：强行拉刘走，刘：不走

刘：　　　妈！妈！

〔林：无动于衷，念经，柴：拉刘下场，林：突然醒悟

林：　　　不好，我上当了！
　　　　　还我女儿，还我女儿，
　　　　　芳芳！芳芳！（起板秋香哭婆调）

　　　（唱）我苦命的丈夫一命归阴城，
　　　　　撂下我们母女无人来照应。

　　　　　我不该信谣言念经信真神，
　　　　　不知我的女儿现在死与生。

　　　　　孤苦伶仃可怜我再没亲人，
　　　　　倒不如我上吊来把死寻。（落板）

　　　（白）丈夫！我来找你，
　　　　　芳芳！等一等妈妈！
　　　　　等一等妈妈。（起板游铁道调）

〔林：退场，张：音乐声中上场

张：　（唱）精准帮扶到农村，
　　　　　要让群众早脱贫，
　　　　　第一书记责任重，
　　　　　不能让政策落了空。

　　　　　群众向我常反映，
　　　　　说邪教组织危害重，
　　　　　欺骗了不少老百姓，
　　　　　害得这社会也不安定。

刚才公安局抓犯人，
救下了芳芳出火坑，
林大嫂家中走一程，
不能叫事情再发生。（落板）

（白）国家号召精准扶贫，
结对帮扶来到农村，
听说林大嫂她信了真神，
来我快上门说服救人。

〔张：看见大门开着

啊呀！不好！
开着大门，不见有人，
是不是又发生了甚么事情。
大嫂！大嫂！

〔林：拿着上吊绳子上场，呆呆地自言自语

林： 要想真神能显灵，
三天三夜不敢停，
死了好，死了好，
死了再就没烦恼。
哈哈哈哈，哈，哈，哈！

〔张：看到林后说

张： 看来你中毒实不轻，
这真是邪教组织害死人，
大嫂！
咱要相信科学，破除迷信，
不能让邪教组织再害人命。

〔刘：边喊边上场

刘： 妈！妈！
林： 芳芳！芳芳！
你不是？

刘：	妈！全凭了第一书记来到咱村,
	公安局又抓住了那个坏人。
张：	对！信奉邪教害己害人,
	违法犯罪就要判刑,
	一旦发现邪教活动,
	首先要报警,再向政府反映。
林：	好！从此后我也要多参加宣传活动,
	以身说法,教育群众。
刘：	对！妈！
	咱县委办610办公室,正在组织反邪教宣传活动,咱也上台宣传上一阵。
林、张：	好！
	走！（起板,游铁道调）
张：	（唱）邪教组织最可恨。
刘：	信奉邪教害死人。
林：	党的恩情说不尽,
	这回又救下了我的命。
合：	打击邪教大行动,
	定要斩草又除根,
	精准脱贫立新功,
	早日实现中国梦。

〔摆造型,鞠躬谢幕,音乐声中退场

创作于2017年9月

看秧歌

(临县秧歌剧)

2017年，吕梁市文化局和临县县委、县政府组织临县所有伞头秧歌从业者、爱好者到吕梁学院集中培训，受训学员10人为一组，作者为第一组组长。培训班要求在结业典礼上每组出一个节目，作者利用一节课时间创作了此作品，组内10人全部参演，演出效果很好，得到了学员和领导们的一致好评。

剧目说明：后村又要唱秧歌了，一伙村民在去看秧歌的路上，对临县伞头秧歌做出了褒贬不一的评价，在众人争论不休之时，碰上了伞头歌手培训归来的学员，他们向群众介绍了这次培训的情况和未来的设想。

时间：2017年8月17日。

地点：临县某农村。

人物：受训归来伞头：张根玉、张林峰；

秧歌爱好者（群众）：若干人。

出场安排：

1.李学英 2.赵乃平 3.张锦平 4.杨秀梅

5.李海花 6.成武凤 7.刘少芳 8.高海伟

9.张根玉 10.张林峰。

〔幕启：农村路口背景

开场幕后白：临县伞头秧歌历史悠久，源远流长，深受人民群众喜爱，是人们文化生活中不可缺少的重要部分。瞧！大姑娘、二小子、枣花她妈、狗蛋他爹又要到后村去看秧歌演唱！

〔1：高兴地上场

1：（白）哎！枣花家妈的，狗蛋家爹的。

看秧歌圪来（去了）！看秧歌圪来！

〔2—8：上场

  合：来了！来了！

1：（唱）临县秧歌人喜爱，
    不知传了多少代，
    如今发展更是快，
    艺术之花永不败！

2：（白）对！咱临县秧歌好的多嘞，
    不信了伢么听着：
 （唱）临县秧歌历史久形式多样，
    现炒现卖能对唱还能单唱，
    寓教于乐争先进健康向上，
    脱贫攻坚鼓干劲凝聚力量。

3：（白）呀！就吹吧！
    秧歌对唱尽脏话，
    发恶心得能吐下！

7： 哎！咱临县伞头秧歌可是国家级非物质
    文化遗产保护项目，你……

〔3：打断

3： 算了吧！
 （唱）伞头对唱太讨厌，
    道德败坏没底线，
    就要能挣几个钱，
    不怕人前丢脸面。

4：（白）哎！凡事不能一概而论，
    好人赖人众人评定！

3： 唉！不是我说的话不好，
    是唱秧歌的好人少！
 （唱）大年初二我到了……

〔4：打断

4：（白）行了！行了！

（唱）话可不能这样讲，
　　　不能叫好人受了伤，
　　　伞头们思想很健康，
　　　是死老鼠害了满锅汤！

8：（白）对！好人多，赖人少，
　　　　是赖人把好人也糟蹋了！

5：　　嗯！
　　　为推动，伞头歌手争先进，
　　　现在离石正培训。

（唱）市委书记下了令，
　　　县委政府大行动，
　　　文化局组织搞培训。
　　　秧歌也实现复兴梦！

6：（白）好！好！好！

（唱）伞头秧歌要求精，
　　　综合素质再提升，
　　　团结一致一条心，
　　　一定能多出好作品！

7：（白）看！看！看！
　　　张根玉、张林峰，
　　　这就是，参加过伞头秧歌培训的两个人。

〔9和10：上场

9：（白）乡亲们好！

10：　　大家好！

7：　　听说伱参加了伞头培训，
　　　人家上课讲了些甚？

9：　　　　这回我也去培训，
　　　　　等于是，领到了本科毕业证！

7：　　　　真的！

9：　　　　真的！
　　　（唱）首先学了习总书记讲话精神，
　　　　　德艺双馨综合提升更上一层，
　　　　　编创技巧语言艺术提高水平，
　　　　　名段赏析学习交流发扬传承。

8：　（白）培训也是为实用，
　　　　　明确方向是根本。

7：　　　　对！伞头秧歌先进性，
　　　　　下一步目标要确定。

10：　　　 好！说起咱的下一步，
　　　　　咱要多为群众搞服务。
　　　（唱）通过培训进步快，
　　　　　你超我赶如比赛，
　　　　　先进文化做表率，
　　　　　为人民服务献真爱。

〔众人鼓掌

合：（白）好！

7：（白）伢听！后村锣鼓已经响起，
　　　　　请二位也上台唱上几句。

合：　　　好，走！
　　（唱）先进文化做表率，
　　　　　为人民服务献真爱！

〔反复演唱，边唱边退场

创作于 2017 年 8 月

贴心的棉袄

（临县方言小品）

包二奶、养小三是部分贪污腐败官员的祸苗隐患。作者结合地方方言和相关政策，塑造了一个为讨好小二而不顾党纪国法、私自挪用公款的腐败分子，最终得到了应有的惩罚。特别是塑造的副乡长之妻张贤惠和小三胡丽，形成了鲜明的对比，生动刻画了妻子的贤惠和小三的拜金主义，同时也为某些身陷其中的人们敲响警钟！此作品发表于《枣都乡情》2013年第3期、《湫虹》2013年第4期。

时间：2013年4月，某日中午。

地点：某乡副乡长家中。

人物：李博正，男，36岁，某乡副乡长。（称李）
　　　张贤惠，女，35岁，副乡长之妻。（称张）
　　　胡丽，女，26岁，副乡长情人。（称胡）
　　　纪检委干事甲、乙。（称纪）

〔幕启：副乡长李博正家中

〔张：做好饭在院里等李回家，李：没回来，张：回家中，上场

张：　我叫张贤惠，今年三十五岁。丈夫叫李博正，乡政府熬了十六年，可么提成个副乡长哩。可是，唉！等了长半天，饭也不滚（热）哩，来我再温一下。

〔张：下场，李：捂着肚子，醉醺醺上场

李：　啊哟！啊哟！我的身体一直挺好，自从当了个副乡长，今也陪同上级嘞，明也有人请客嘞，喝得我是肝发炎、肺气肿、

胆囊结石胃穿孔。啊哟！哎，不过也有它的好处嘞，我上来才半年多就捞挖的30多万，（低声说）还联系得个手手，（加大嗓门）甚啦？我作风不好！伢看咪婆姨的那眉眼，真是圪挫的和核桃皮地，那地个还圈圈划道，就好像是圪虫骚（虫驻）了。再说来，当今社会谁没啦三个亲的两个蛮的嘞！伢说不是！

〔张：上场

张：　　回来哩？

李：　　嗯！

张：　　吃饭吧！

李：　　吃！吃！吃！就知道个吃。一天价吃得把肚也撑烂哩，还吃甚饭嘞！

张：　　我在电视上看到，今年反腐败可紧嘞，你可要小心。

李：　　咳！放你的心吧！天底下乌鸦一般黑，又不是光咱嘞！如今的腐败，就像黄水水疮一样，连得一大片，谁要反腐，先把谁跌倒。再说来，咪姑舅家妻叔叔的有个前家儿，是咱省里的领导，咱这是抱住驴躯打游迁嘞——攀住大脑子哩。

张：　　有句话叫小心驶得万年船，可不要大意失荆州！

李：　　哎！该做甚做你的甚吧，咛咛喃喃麻毬烦了！

张：　　那我出去买袋盐？

李：　　去吧！去吧！

〔张：下场，李：见张走了，掏出手机

李：　　老婆不在了，来我再联系一下我的那个手手。

〔李：打电话

　　　　喂！哎！嗷！嗯！啊！你就在门上啦？那你赶紧回来么。

〔胡：扭着屁股上场

胡：　　亲爱的！

李：　　哎！

胡：　　宝贝！

李：　　嗷！

〔胡：飞吻，李：空抓住亲一口，胡：变得很生气

李：　　这又是啊嘀嘀哩（怎么了）？

胡：　　啊地哩，你还晓不得！

李：　　真晓不得么。

胡：　　你给我买的那房子，不装修一下哪能住成啦？

李：　　啊呀！给你买房子花了30万，装修又给了你5万，还不够？

胡：　　5万还好意思说嘞！15万也装不好。

李：　　你，我把我捞挖的几个都给了你哩，你还！

胡：　　我还甚嘞？养活不起了咱就拜拜！

李：　　不是么，咱这朋友一场，这不是逼得叫我跳火坑啦！

胡：　　那是你的事，明天拿不到10万，咱就拜拜！

李：　　唉！

〔李：低头思考，计上心来

对哩，这几天正是有 11 万农民的种子直补款嘞，咱先挪用一下。哎！反过来再说嘞，这可地是半夜里坐朝廷嘞——好活一阵算一阵。行！明中午，再给你 10 万。

胡：　真的？

李：　真的！

〔胡：做想要拥抱动作，李：迎合

胡：　亲爱的！

李：　哎！

胡：　宝贝！

李：　嗷！

胡：　把门关上。

李：　哦！

〔李：正要闭门，纪：上场

纪：　你是李博正吧？

李：　嗯！有甚事？

纪：　我们是省纪委的，你涉嫌收受贿赂、挪用公款，还对大项目工程吃拿卡要，情节恶劣，省纪委决定对你双规，做进一步调查。跟我们走吧！

李：　胡丽，救我！

胡：　救你！钱是你花的，法是你犯的，干我甚事！

李：　啊呀！我把钱不是都给了你哩！

胡：　那是你情愿给的，又不是我偷的、抢的！

李：　我坐了牢，你啊地呀？

胡：　咳！世上男人千千万，少你一个扯毬蛋。

李：　　　　胡丽，你！

胡：　　　　拜拜！

〔胡：要走，张：上场，迎头碰上

张：　　　　狐狸精！

胡：　　　　对不起，我叫胡丽，没啦精。哼！

〔胡：头一拐下场

李：　　　　唉！

张：　　　　早知今日，何必当初。早听我些啊哩来的这事嘞！

〔起低沉的背景音乐

张：　　　　博正！现在能救你的只有你自己，你要坦白从宽，争取宽大处理，早日回来，重新做人。家里有我，你就放心去吧！

李：　　　　我走了，再就回不来哩！

张：　　　　你坐三年，我等你三年；你坐五年，我就等你五年！

李：　　　　要是我这辈子不回来？

张：　　　　那我就等你一辈子！

李：　　　　老婆！

〔李：激动得抓住张的双手

张：　　　　对哩！你身体不好，又怕凉，给你带上一件棉袄，黑间还能盖一下价。不管啊地，身体最重要！

〔张：拿出一件棉袄披在李的身上，李：语重心长地说

李：　　　　唉！情人就像人生的陷阱，老婆才是贴心的棉袄！

纪：　　　　走吧！

〔胡：出场，五人谢幕

创作于2013年5月

扶贫

（临县小品）

驻村第一书记是一个多么响亮的称呼，也必将承担着帮助贫困地区、贫困村脱贫的光荣使命。但在实际生活工作中确实很苦很累，他们从城市走向农村，用汗水和泪水谱写了一曲曲感人的歌谣和一个个动人的故事。表演时建议第一书记说普通话，王大娘说临县方言。此作品荣获"吕梁市庆祝中华人民共和国成立70周年暨第十届戏剧剧本、小戏小品、曲艺、歌词征文评奖"小戏小品类三等奖。

时间：2018年冬。

地点：临县枣园村驻村第一书记办公室。

人物：张书记，男，40岁，驻村第一书记。（称张）

王大娘，60岁，农村空巢老人。（称王）

〔幕启：第一书记办公室室内背景，放一张办公桌，一把椅子，办公桌上放办公用品，桌子里面放一个生日蛋糕，旁边放一个小茶几，一把椅子

〔张：手拿工作笔记本和一些资料急匆匆上场

张：　　改革开放四十年，

农村旧貌换新颜，

中国梦，早实现，

脱贫攻坚是关键！

我，是省派的临县枣园村驻村第一书记，为了让群众早日脱贫，我帮村里成立了一个"红枣加工农民专业合作社"，刚刚投入生产，情况很复杂，又要抓技术，又要保质量。这不，刚从生产车间回来，

可把我忙坏了，已经四个星期没有回家了。唉！家里呀，又是照顾老人又是接送孩子，可苦了我们家那口子了。今天是星期日，我再把这些资料整理一下，就可以回家陪我妈过生日了。

〔张：哼着《生日快乐》曲，转身开门，坐到办公桌前整理资料
〔王：手提一篮鸡蛋上场

王：　　四十年来搞开放，
　　　　农村面貌大变样，
　　　　精准扶贫有力量，
　　　　好钢用在了刀刃上！
　　　　特别是我们村的第一书记，人家还是从省城太原来的，那也对我们就像儿女对父母一样，让我们这些空巢老人，心里暖暖的。听说我们的张书记今天要回家，我怕他走了，打早起来就把我自家下的这笨鸡蛋给他送来几颗，让回去给他妈补一补身体。
　　　　张书记！

〔王：开门，进门
　　　　张书记！

张：　　哎，王大娘，请坐请坐，有什么事吗？

〔王：坐到茶几后的椅子上，鸡蛋放到茶几上

王：　　张书记，听说你今天要回家，我给你送上几颗我自家下的这笨鸡蛋，给伢妈补补身体。

张：　　哎呀，王大娘，我们下乡扶贫可是不拿群众一针一线的呀。

王：　　咦！张书记，这可是鸡蛋，既不是针，也不是线。

张：　　　　那也不行！

王：　　　　哎！张书记，你为我们付出那么多，我们就不能回报一下你？

张：　　　　大娘，我们是来帮助你们脱贫的，就是来为你们服务的呀！

王：　　　　你为我们服务，就不能吃我们的几颗鸡蛋？

张：　　　　大娘，这可是违反纪律的呀！

王：　　　　那也不行，鸡蛋你必须收下！

〔张：思索片刻

张：　　　　大娘，那这样吧，我看这一篮鸡蛋大概有四五斤，现在提倡消费扶贫，鸡蛋我可以收下，但是要给您100块钱。

〔张：掏出100块钱给王，王：不要

王：　　　　张书记，不行不行，这是送你的，又不是卖给你！

张：　　　　哎呀，大娘，请您理解理解，您就收下吧！我还要整理资料呢。

〔二人再三推让，王：收下，张：继续整理资料，王：坐到茶几旁边的椅子上

王：　　　　张书记，今春起你初来时，听说蝎子蜇了你几次，现在没有了吧？

张：　　　　呀，您是说蝎子呀，刚来的时候，不知道它是前面的夹子夹了，还是后面的钩子勾了？啊呀，反正是疼得很厉害。后来呀，咱们村主任在我床底下捉了两窝，再就没有了。对！听说他还换了两盒好烟呢。

王：　　　　哦！那现在老鼠还多不多哩？

张: 老鼠啊,刚来那会儿跳上跳下还真不少,床上也跳来跳去,闹得我一晚上也不能睡觉。多亏了李大爷家那只大花猫了,隔三岔五地来旅游,来了还"喵,喵"地喊上几嗓子,这老鼠呀,吓得再也不敢来了。

呀!现在快九点了,资料也整理完了,我要回家给我妈过生日了,要不就赶不上班车了。

〔张:桌子里面拿出蛋糕

王: 张书记,这是哪里买的蛋糕?

张: 噢,这是前几天赶集的时候买的。大娘,麻烦您再坐一会,我把这些资料放到桌子上,一会主任来了你交给他,走的时候记得把门关上。

〔张:提蛋糕,哼着《生日快乐》曲开门,王:提鸡蛋追上来

王: 张书记,鸡蛋,鸡蛋。

张: 哦,好的,我走了,明天见。

〔张:哼着《生日快乐》曲下场,王:闭门

王: 人常说"百善孝为先",你看人家张书记多好,驻村帮扶这么辛苦,还要赶回家给他妈过生日。唉!今天也是我的生日,也不知道我儿子还能不能记得今天是什么日子,唉!

〔张:提蛋糕、鸡蛋又低沉地回来,开门,进门,蛋糕放到茶几上,关门,鸡蛋放在办公桌上

王: 张书记,怎么了,你怎么又回来哩?

〔起《孝敬爹和妈》音乐

张: 唉!我又回不了家了,不能陪我妈过生日了!

王： 到底怎么了？

张： 大娘，咱临县有23个乡镇，631个行政村，咱们村离县城算是最远的了，每天只有一趟班车通往县城，今天有24名护工要去北京，班车为了赶时间早走了1个小时。我回不了家了，不能陪我妈过生日了！

王： 哎！张书记，这星期不能回去，下星期回去，今年不能陪伢妈过生日，明年再过么。

张： 大娘，我妈今年4月食道癌做了手术，医院已经下了病危通知书了。我妈的最后一个心愿就是让我陪她过最后一个生日。

王： 那你赶紧给家里打个电话吧。

〔张：看手机

张： 唉！咱村太偏僻了，手机又没信号了。

王： 那怎么办呀？

张： 大娘！

王： 哎。

张： 今天是十月二十六，是我妈的生日。

王： 今天是十月二十六，也是我的生日。

张： 我当第一书记下乡扶贫，不能陪我妈过生日。

王： 我儿子也是第一书记外地扶贫，也不能陪我过生日。

张　 大娘！

王　 哎。

张	今天也是您的生日？
王	嗯！
张	那您能帮我一个忙吗？
王	能！
张	那您给我当一回妈，让我在这里给我妈过生日好吗？
王	嗯！

〔张：点生日蜡烛，背景音乐加重，对着远方高喊

张： 妈！孩儿不孝啊，不能满足您最后一个心愿了。妈！孩儿不能陪您过最后一个生日了，孩儿在这里，给您过生日了！妈！孩儿给您磕头了！

〔张：跪下，磕头，站起身来含着泪唱《生日快乐》歌

妈妈生日快乐，
妈妈生日快乐，
妈妈生日快乐，
妈妈生日快乐。

〔王：许愿

王： 愿我的儿子，永远健健康康，平平安安！

〔王：吹灭蜡烛，背景音乐再加重

张： 妈！

〔张：跪倒在王面前，切光，音乐停

创作于2019年2月

临县伞头秧歌

临县伞头秧歌

临县伞头秧歌，2007年被国务院公布为国家级非物质文化遗产保护项目。它是一种在农村、街头和广场表演的综合型民间歌舞艺术，以晋西吕梁山区临县及周边地区为代表，包括离石的西山、柳林的北山、方山的西北部以及临县隔河相望的陕西佳县、吴堡一带，形成了一个区域性的文化圈。

伞头是一支秧歌队的统领，负责统筹全局，调动情绪，带领秧歌队进行舞蹈表演，并负责与外界交往，而所有活动均用舞蹈语言和即兴编唱秧歌来完成。即兴编词演唱是临县伞头秧歌的显著特点，正所谓"触景生情、就地取材、现编现唱、永不重复"，临县伞头秧歌亦因此而得名。改革开放以后，秧歌艺术家们不断创新，并把秧歌编唱搬上了舞台。临县伞头秧歌演唱形式有多人联唱、二人对唱、单人独唱等。

临县是伞头秧歌的海洋，除了利用秧歌进行文艺宣传外，临县人高兴时唱秧歌，愤怒时唱秧歌，无奈时也唱秧歌，大多数人都能随口唱出几首，渐渐地就产生了时政秧歌、对唱秧歌、生活秧歌，等等。

时政秧歌

　　2011年春季，吕梁大地展开了轰轰烈烈的"三项整治"活动，作者创作了此20段秧歌为临县的"三项整治"摇旗呐喊、鼓劲加油，发表于临县《"三项整治"秧歌专辑》。

吕梁市委一声令，
十三县市齐行动，
"三项整治"争先进，
单看谁家搞得硬。

临县县委县政府，
及早行动早部署，
擂响"整治"出征鼓，
群众个个像猛虎。

县委吹响冲锋号，
六十万人民呱呱叫，
你超我赶比实效，
天天传来新捷报。

动员会，誓师会（临县音huài），
电视通知传得快，
下乡宣传人喜爱，
几十个乡镇全覆盖。

宣传工作任务重，
造大声势打头阵，
摇旗呐喊人兴奋，
鸣锣开道鼓干劲。

思想工作都理顺，
广大群众齐响应，
懂得"整治"的重要性，
明白了自己啥使命。

"三项整治"照方案，
环境卫生要改善，
街道装饰更好看，
交通秩序不能乱。

从城市，到乡村，
"三项整治"动了真，
领导带头立新功，
季度考核夺标兵。

墙墙壁壁都粉刷，
清除浮土想办法，
油漆锈渍刀刀刮，
违章建筑一律拆（临县音chā）。

环境卫生早提倡，
不叫尘土往起扬，
设置花篮放花箱，
空气清新人健康。

清理河道要彻底，
动用铲车和挖机，
垃圾淤泥全挖起，
倒到指定沟壕里。

垃圾不能随便倒，
不要路边偷地尿，
禁止乱贴小广告，
自家门前常清扫。

流动摊点都取缔，
不叫占道做生意，
有人胡闹"撑名誉"，
政策对您不客气。

广告牌匾做灯箱，
统一格式有规章，
透光塑料不锈钢，
环保节能又大方。

交通秩序严格管，
自觉遵守莫大胆，
出了事故太悲惨，
不要到时后悔晚。

行车路线上下分，
十字路口不要冲，
遇上红灯等一等，
最多不到一分钟。

城区停车要妥当，
千万不敢嘴嘴犟，
乱停乱放有违章，
交警给您往回拖（临县音 tǎng）。

"整治"初步见成效，
长期坚持更重要，
各项措施都配套，
素质提升是诀窍。

"三项整治"就是好，
"整治"等于换头脑，
紧跟时代步伐跑，
转型跨越能确保。

书记县长人夸奖，
凝聚人心有力量，
"三项整治"打胜仗，
明天的临县更兴旺。

2014年开展党的群众路线教育实践活动以来，作者多次到乡下宣传演唱，现整理了几首演唱过的秧歌作为留念，已发表于《湫虹》2017年第2期"党的群众路线教育实践活动"秧歌专刊。

群众路线党的宝，
今年力度更不小，
广大群众都说好，
"共产党又回来了"。

这次活动很全面，
学习同时抓实践，
人民群众有心愿，
但愿都能兑了现。

社会进入新时代，
难免有人搞腐败，
照上镜子来整改，
正正衣冠会更帅。

有人需要洗洗澡，
治治病就精神好，
知错不改想取巧，
法网恢恢哪里跑。

群众路线指航向，
团结一致有力量，
人人都有新思想，
处处都能打胜仗。

群众是水党是船，
大海载舟有何难，
如果水把船打翻，
一去不复难生还。

天天吼，天天叫，
天天宣传唱高调，
到底何时见实效，
很快就会传捷报。

爹也亲，娘也亲，
幸福不忘党的恩，
群众路线顺民心，
就怕"和尚"念歪经。

总书记，习近平，
这次活动下决心，
号召抓铁要有痕，
踏石也要留下印。

群众路线搞得硬，
全国人民齐响应，
统一目标一股劲，
早日实现中国梦。

  2014年是全面贯彻落实党的十八大和十八届三中全会精神的重要一年，也是深入推进党风廉政建设、全面深化改革，推动行业发展再上新台阶的关键一年。为了更好地宣传党风廉政建设，临县纪检委安排作者从正面引导、反面警示、群众路线三个方面创作二三十首临县伞头秧歌唱词，作者创作完成后又配上相关图片，做成大幅宣传版面，在临县县委政府大院、临县影剧院门前等重要公共场合多次宣传展览，得到了政府及广大群众的一致好评。

一、正面引导

万众一心山河动,
筑起长城千古颂,
你我齐心一股劲,
共同实现中国梦。

领导勤为做公仆,
良好名声传千古,
当官不为民做主,
不如回家卖红薯。

清如水,明如镜,
顺应民心都公认,
处处事事要谨慎,
小心失足千古恨。

领导好赖不用问,
自有群众来评论,
到底你有多轻重,
百姓心中有杆秤。

静以养德为己任,
廉以修身是根本,
贪心不足无止境,
天天晚上做噩梦。

一时糊涂贪念生,
必要三思而后行,

平生做事不亏心，
半夜敲门心不惊。

自古百善孝为先，
家中二老常挂牵。
不敬老人罪滔天，
早就应该"冒黑烟"。

勤俭节约持家计，
为官德才要兼备，
树新风，扬正气，
俭以养德常如意。

当官为民人心顺，
心系万户老百姓，
廉洁自律人尊敬，
公仆精神千古颂。

二、反面警示

家有金山和银山，
一日不过是三餐，
就算资产千百万，
不如知足常平安。

人生就像一场梦，
为官更是要自重，
以权谋私得腐症，
万箭穿心不解恨。

一部机器转得快,
全凭齿轮相互带,
如果一个有损坏,
影响全局彻底败。

发现腐坏有病变,
及时清理很关键,
为官不廉生邪念,
不久就进阎王殿。

有人见钱就眼开,
进去再就出不来,
悔恨泪水挂满腮,
当初为何不明白。

扬正气,促和谐,
不能眼里只有钱,
贪心不足坠深渊,
一步一步进牢监。

为人善良心灵美,
为官廉洁清如水,
不做人,偏做鬼,
人间处处有钟馗。

一枚公章千斤重,
使用必然负责任,
违规办事胡乱用,
肯定要进"黑风洞"。

不是你的不能要，
金钱连的是手铐，
红黑不分瞎胡闹，
自己盖起倒塌庙。

三、群众路线

中国龙，在舞动，
众人合力起作用，
干群关系一股劲，
共同实现中国梦。

干事道路多方面，
方向抉择很关键，
办公桌上转圈圈，
不如下乡学经验。

执政地位要想牢，
洁身自律第一条，
干部群众千里遥，
廉政架起连心桥。

不给好处不办事，
不盖公章不签字，
本来是个简单事，
谁见要跑多少次。

全国上下反腐败，
腐败分子难存在，

重拳出击圪垛擂,
一锤打得粉粉碎。

搞节约,反四风,
违纪违法一扫清,
作风转变顺民心,
腐败分子瞪眼睛。

婆姨凭汉官凭印,
办事盖章太咬硬,
简化审批起作用,
一枚公章全搞定。

公款消费不节约,
顶风违纪太危险,
虽说口福真不浅,
一不小心坠深渊。

活动就像孔明灯,
一风吹散又成空,
群众路线动了真,
定会落地又生根。

有的干部不廉政,
眼里没有老百姓,
洗洗澡,治治病,
双规以后才清醒。

2014年春,临县县委办610办公室要出一本《反邪教秧歌三弦书选编》,时任610办公室主任高建峰让作者创作以反邪教为主题的文艺作品,作者创作了临县三弦书《反邪教》和这几首秧歌,已入选《反邪教宣传秧歌三弦书选编》。

邪教活动很广泛,
"毒瘤"随时在扩散,
咱们行动要果断,
发现他们就报案。

邪教之人很可怕,
杀人放火还绑架,
发现有人说鬼话,
尽量和他少拉呱。

邪教组织太猖狂,
同流合污结成帮,
反动言论到处讲,
反党反国是妄想。

邪教宣传有一招,
常说地球要火烧,
有人上当常结交,
等于拿起杀人刀。

邪教恶毒再无比,
散布谣言阴风起,
骗财骗色心里喜,
不觉落到监牢里。

邪教害人真不浅，
四处游说不要脸，
接触他们太危险，
咱们一定要离远。

邪教终究没好报，
茅石板上睡大觉，
全民参战反邪教，
"毒瘤"早日切除掉。

2016年9月，精准脱贫再次推向一个新的高潮，弘扬主旋律是文艺工作者不容推卸的责任，此段秧歌对唱为作者创作的精准脱贫系列文艺作品之一，已入选《临县精准扶贫文艺作品专辑》。

甲： 手执花伞到台上，
　　 秧歌对唱咱搭档，
　　 精准帮扶到处唱，
　　 脱贫攻坚献力量。

乙： 为了实现中国梦，
　　 小康目标已确定，
　　 脱贫攻坚任务重，
　　 我看未必起作用。

甲： 扶贫政策多方面，
　　 脱贫要有新观念，
　　 小康早日要实现，
　　 你的思想先转变。

乙： 并不是我不上进，
是怕群众不相信，
虽然嘴上喊得硬，
喊来喊去没行动。

甲： 中共中央下了令，
全国上下齐行动，
第一书记抓得硬，
早日实现中国梦。

乙： 有句古话都了解，
叫作天高皇帝远，
第一书记往上选，
就怕不会抓重点。

甲： 脱贫处处摆战场，
第一书记齐上岗，
如何早日奔小康，
你先给咱讲一讲。

乙： 精准帮扶搞配套，
对号入座办法妙，
要想脱贫见实效，
思想教育最重要。

甲： 脱贫攻坚难上难，
知难而进登泰山，
群众思想要过关，
还得咱们多宣传。

乙：　　　文艺宣传有力量，
　　　　　引导群众明方向，
　　　　　长征精神为榜样，
　　　　　革命永远在路上。

甲：　　　家是国来国是家，
　　　　　脱贫要靠你我他，
　　　　　艰苦奋斗人人夸，
　　　　　众手浇开幸福花。

乙：　　　脱贫攻坚政策好，
　　　　　文艺宣传办法巧，
　　　　　可惜咱的知识少，
　　　　　走！后台学习再探讨。（退场）

党的十九大闭幕之后，作者跟随"唱响临州"十九大精神主题宣传活动演出团深入临县23个乡镇巡回演出，除了说唱新创作的临县三弦书《十九大精神传天下》之外，还会即兴演唱几首宣传秧歌，现就回忆记录其中几首以作留念。

　　　　　中央召开了十九大（临县音 dàng），
　　　　　给咱的发展指方向，
　　　　　文艺宣传有力量，
　　　　　引导群众齐向上。

　　　　　十九大，传捷报，
　　　　　全民奔走来相告，

发展目标已知道，
实现小康要见实效。

十九大精神为指引，
咱要活学又活用，
万众一心鼓干劲，
共同实现中国梦。

十九大号角很嘹亮，
给咱的发展指方向，
不忘初心齐向上，
打好脱贫攻坚仗。

十九大旗帜很鲜艳，
为人民服务永不变，
祖国复兴要实现，
让人民满意是关键。

临县伞头秧歌唱扫黑除恶：

扫黑除恶大行动，
敢动真来敢碰硬，
黑恶势力消灭净，
人民生活更安定。

以前社会有邪风，
黑皮污鬼敢行凶，

扫黑除恶动了真，
黑恶势力就除了根。

临县伞头秧歌唱《宪法》学习：

法治国家要推进，
《宪法》学习最为重，
全民学法一股劲，
早日实现中国梦。

中国《宪法》修正案，
认真学习认真看，
严格遵守不违反，
明白自己该怎么办。

做笔记，查资料，
活学活用办法妙，
学习要求都达到，
答题不用偷得照。

学法用法要懂法，
首先必须学《宪法》，
做事遵纪又守法，
谁也把你没办法。

2019年2月19日，临县召开了"脱贫攻坚千人誓师大会"，作者受有关领导安排编唱了以下两首秧歌：

临县脱贫要摘帽，
三级干部很重要，
千人誓师齐步调，
再次吹响冲锋号。

誓师大会有力量，
凝聚人心齐向上，
脱贫攻坚打胜仗，
胜利凯歌到处唱。

生活秧歌

作者在生活中也常常会编唱一些秧歌来抒发情感和表达现实生活中的感受。比如：作者为他的恩师康云祥复三上坟后，在回家的路上看到山河依旧，红日当空，鸡叫狗咬，秋风阵阵，只是不见了他的恩师，叹道：

山河依旧太阳红，
鸡叫狗咬风起尘，
可怜尘世梦中人，
百年之后只留名！

又如，作者看到当今社会人们都在不顾一切地疯狂玩手机刷微信，便唱道：

男女老少齐行动，
走着站着玩微信，
为了实现中国梦，
不怕近视颈椎病！

2016年腊月，作者在网上看到临县的一个农村，帮扶单位给他们送去了白面、食用油、挂历等慰问品，村民们不但不领情，而且还围攻辱骂帮扶人员，作者唱道：

精准帮扶咱执行，
好油好面送上门，

群众根本不领情,
这是扶的甚么贫!

  2017年春季,临县又开展了严格的城区环境整治,为了制止小商贩乱摆摊设点,城建局执法人员从早到晚坚守岗位,连吃饭的时间都没有。一天,作者在下班回家的路上看到他们买来干酥饼充饥,他们见到作者也很高兴,并邀请作者给他们唱一首秧歌。作者唱道:

为了环境能搞好,
咿睡得迟来起得早,
连一顿饭也吃不饱,
买得个酥饼干嗑咬。

  在临县伞头歌手综合能力提升培训会上,某领导正强调会场纪律时突然有手机铃声响起,领导要求将手机铃声响的学员全部记录下来,作者随即编了一首开玩笑秧歌:

咱的领导很生气,
手机响的叫登记,
不用登记全枪毙,
领导肯定能满意。

  又有一次,作者的一个领导被人误解,很是无奈,甚至对工作失去了信心。作者劝道:

忠心向党要看心,
弄虚作假鬼抽筋,

实事求是道理真,
指鹿为马一场空!

行得端,走得正,
不怕背后人议论,
海纳百川为己任,
该做甚咱再做甚!

看见别人都在玩微信,作者也建了一个群,取名叫"宇宙情",群里也有不少秧歌爱好者,应大家的请求,作者在群里进行秧歌编唱培训:

平时里我上网少,
希望大家多探讨,
学会编唱无价宝,
娱人娱己心情好!

要叫秧歌唱得顺,
先要掌握十三韵,
编时先把主题定,
秧歌越唱越有劲!

黄河情,海洋情,
那些伞头很出名,
宇宙情里聚英雄,
秧歌培训先入门!

作者在手机上加入了一个古玩群,有一天晚上,群友们把各自收藏的石狮拍成图片传到微信群里展示,作者唱道:

各位专家全都来,
石狮图片往上排,
狮王争霸聚英才,
看看谁能夺金牌!

我对收藏很爱好,
就是有眼不识宝,
群里来把师傅找,
还望大家多指导。

古玩群里开眼界,
专家交流发图片,
相互学习传经验,
以诚相待无欺骗!

吕梁山上有能人,
古玩奇宝建了群,
汇通天下众英雄,
来者是客都欢迎!

作者的大儿子初中毕业,以优异的成绩考上了临县一中,但该选哪个班又成了一大难题。作者叹道:

现在升学不简单,
选校选班最心烦,

> 如同棋子在棋盘,
> 前后左右都为难!

在文化和旅游部主办的"2018年群众文艺创作(戏剧)高级研修班"作品遴选中,作者创作的地方小戏《过年》入选,他作为本期培训山西省唯一的学员要去上海参加培训,心情激动便唱道:

> 才疏学浅张林峰,
> 创作剧本初入门,
> 报送作品国家评,
> 山西成了第一名。
>
> 咱的作品去评奖,
> 《过年》上了光荣榜,
> 我的实力再增长,
> 感谢人民感谢党。
>
> 明去太原买下票,
> 后天上海要报到,
> 高级研修去深造,
> 小鬼要进玉皇庙。
>
> 通过这次去培训,
> 以后更要出精品,
> 引导群众争先进,
> 共同实现中国梦。

2018 年 7 月 17 日，临县县委组织部任命作者为安业乡前青塘村党支部第一书记。同年 7 月 26 日，临县文化局任命作者为临县文化局社会文化股股长。作者唱道：

一下压上两重担，
真不知该怎么办，
思来想去细盘算，
咳，撸起袖子加油干！

微信已成为人们生活中不可缺少的部分，有一天，作者看到微信群里有人吵架，便发了一首秧歌来劝架，效果很好。

来到群里寻高兴，
艺术高低没等尽，
好赖要叫众人论，
争眉霸眼图个甚！

有一次，微信群评价说有钱人国庆节出去旅游，是最好活最牛的，没钱人感到自卑，作者发了这首秧歌：

有钱人国庆去旅游，
不一定心里无忧愁，
要知道谁最活得牛？
啊呀！谁见过穷人跳了楼！

2018 年中秋、国庆来临之际，中共临县县委、临县人民政府印发了《致全县第一书记的一封信》。作者唱道：

> 八月中秋天渐凉,
> 组织慰问暖心肠,
> 精神鼓励添衣裳,
> 可比发了月饼强!
>
> 第一书记挑重担,
> 打响脱贫攻坚战,
> 困难重重怎么办?
> 还是那句加油干!
>
> 不忘初心记心上,
> 牢记使命永不忘,
> 共产主义献力量,
> 为人民服务总方向。

2019年3月,作者入选山西省"三晋英才"青年优秀人才,他唱道:

> 三晋英才省里评,
> 各行各业出精英,
> 临县选出共十人,
> 其中还有我张林峰。

2019年7月,作者入选山西省宣传文化系统"四个一批"人才工程,同年10月到厦门大学参加山西省委宣传部主办的"四个一批"人才培训,他唱道:

去年培训在上海，
今年又到厦门来，
训了一回又一回（临县音 huāi），
非要叫咱成个才。

  2013年正月，作者时任临泉镇后麻峪村党支部书记，在村里17年没有闹会子（秧歌）的情况下，作者牵头组织了近400人参加的秧歌队，所有设备全部新购，共投资7万元左右，总体效果很好，上级部门大力支持。连续举办了2年，没有花过村委的一分钱，也没有留下一分钱的债务，并给参与人员都发放了纪念品，拜年得来的香烟、糖等礼品，或多或少人人平分，这种做法得到了群众的一致认可和拥护。现将作者带领秧歌队拜年唱过的几首秧歌记录如下。

  拜临泉镇党委政府：

党委政府好带头，
支村两委跟上走，
全镇人民争上游，
步步登高楼上楼。

  拜县委县政府：

后麻峪组织起秧歌队（临县音 duài），
县委政府来把年拜，
四套班子领导都在，
检阅一下看好赖。

时任临县商业局局长的张武平为作者的族叔，在这次闹会子中给予很大的经济支持，会子拜商业局时，他亲自到大门口来接待。作者唱道：

　　咱的会子精神抖，
　　又是唱来又是扭，
　　拜年祝福满街走，
　　可么见了个一把手。

　　商业局局长门口站，
　　伢看咪叔叔多精干，
　　你步步高升不得慢，
　　前途光明更灿烂。

白天闹完会子已经很累了，但乡亲们还是不过瘾，晚上又自发组织排练节目并搬上舞台，作者借来了两个千瓦照明灯、一套扩音喇叭和一块掌幕，就搞起了本村人自己的"春节文艺晚会"，虽然艺术水平不是很高，但确是最红火最热闹的晚会。当然少不了作者的秧歌主持：

　　这回咱村把秧歌闹，
　　全村人唱成了一个调，
　　这就是一个好预兆，
　　咱共同踏上小康道。

　　咱的会子进了城，
　　闹得通好挣下名，
　　今黑间咱再搞创新，
　　搬上舞台会更红。

伞头拜年先开唱，
其他节目也高质量，
谁也不要抢得上，
按班次序来亮相。

2012年，临县纪检委组织了一次《农村基层干部廉洁履职若干规定》知识竞答比赛，县领导和各乡镇主要领导都来参加，在颁奖时让作者秧歌助兴，他唱道：

现场答题跌时气（碰运气），
纸上谈兵尽死记，
这里得奖顶个屁，
关键是群众要满意。

这规定，那规定，
定来定去顶甚用，
到了农村成了甚，
没啦听见有人问！

第一首秧歌唱完，掌声如雷。第二首秧歌落音，全场鸦雀无声，就此尴尬收场。

2013年3月，临县县委组织部在白文职业技校举办"农村领头雁"村干部培训，当时作者以临泉镇后麻峪村党支部书记的身份参加。在培训会上，时任临县县委组织部组织科科长的曹双龙讲课讲得特别好，他说话带着八堡口音，讲的全是农民身边的故事，得到了学员们的一致好评。讲完后大家让作者再唱几首秧歌总结一下，作者唱道：

> 组织科长曹双龙，
> 台上讲课显才能，
> 扣人心弦受欢迎，
> 学员称赞传美名。
>
> 曹科长的办法妙，
> 举例说明有一套，
> 学员听得很热闹，
> 寓教于乐更有效。
>
> 框框套套咱不爱，
> 贴近生活最实在，
> 您的讲课赛酒菜，
> 人人说好喊 ok。

2014年4月，作者在方山县参加过一个关于发展"一村一品"的培训会，所有参会人员达600多人，吃饭是自助餐。一到开饭时一拥而上，手慢的根本就抢不到食物，大家便让作者唱一首秧歌，他唱道：

> 方山培训难忘记，
> 抢的吃饭舍上命（临县音 mǐ），
> 好不容易到跟底，
> 趴上一看些没啦哩。

2015年11月，作者参与成立了"临县黄土风情艺术有限公司"，公司以挖掘传承本土民间艺术为主，所演节目全部真打真唱，弘扬主旋律，宣传党的方针、政策、路线，不允许有半点不文明和负能量的内容，所到之处深受观众喜爱。现将作者在精准脱贫惠民演出中唱过的几首秧歌记录如下：

中共中央下了令，
脱贫攻坚大行动，
文艺宣传鼓干劲，
早日实现中国梦。

咱村有好支书好主任，
支村两委配合得硬，
全村人拧成一股劲，
想做甚就能做成个甚，

演出班子是新组建，
很多地方还不熟练，
乡亲们看了后多指点，
帮助我林峰长经验。

新建的班子新设备，
新组合人马新家具，
新编的剧本新排的戏，
尽量叫大家都满意。

酸的辣的来咱不爱，
卷人骂人是更不会（临县音huài），
先进文化我做表率，
为人民服务献真爱。

总结临县地方小戏《过年》时，唱道：

> 新编的剧本很理想，
> 吕梁市还得过二等奖，
> 提倡敬老是新风尚，
> 同时还歌颂了共产党。

> 年轻人们外头刮，
> 挣了大钱享荣华，
> 一定要抽时间常回家，
> 常回来看咱的爹和妈。

在演出中，作者有时也会唱一些玩笑秧歌，比如，2016年5月到石白头乡进行"公共卫生健康教育"宣传演出，石白头乡的戏台没有盖顶，台上长满了野草。他唱道：

> 以前石白头来得少，
> 晓不得这里有多好，
> 今天来一看才知晓，
> 哟！这台子上还长的灵芝草。

歌声一落，观众笑声一片，因为听秧歌的人不同，所以，他们的理解也就不同，是褒是贬只有听者自己心里清楚。关键是演出完没过几天这座戏台就盖上了顶子。

入选《临县伞头秧歌艺术大观》著名伞头秧歌节选部分的秧歌：

时间：2012年晋陕蒙秧歌伞头选拔赛
地点：陕西省榆林市文化广场

〔预赛报名秧歌〕
    吕梁生，临县长，
    张林峰我有理想，
    这回榆林上赛场，
    友谊第一还看得奖。

〔决赛报名秧歌〕
    张林峰我才往出走，
    看见前面的尽高手，
    心也跳，腿也擞，
    怕得好赖开不了口。

〔自选秧歌〕
    陕西榆林是宝地，
    三省的高手齐相聚，
    老师前辈们同献艺，
    这又是我学习的好机遇。

    摆开擂台战鼓响，
    手执花伞上战场，
    不舞刀来不耍枪，
    吟诗作对赛文章。

    我先学陕西的秧歌调，
    再学内蒙古家把舞跳，
    和山西的唱词一配套，
    三位一体妙妙妙。

所有在场的众朋友，
友谊我永远记心头，
今天赛完都不要走，
我每人脸上要亲一口。

〔抽签秧歌：唱让人三分常平安
　　　　百忍成金千古传，
　　　　由他三分又何难，
　　　　走平路来不翻山，
　　　　让人一步自己宽。

〔抽签秧歌：唱赌博害人没深浅
　　　　赌博害人又害己，
　　　　劳心费神坏身体，
　　　　整天泡在赌场里，
　　　　妻离子散的就是你。

2009年，临县元宵秧歌晚会首次在临县电视台演播厅现场直播，伞头集体拜年时，作者唱道：

正月十五闹元宵，
直播室里真热闹，
面对全县众老少，
鞠躬拜年大家好。

县委政府搭平台，
临县秧歌放光彩，
现场直播头一回（临县音huāi），
以后还要经常来。

2013年临县元宵秧歌晚会，伞头集体拜年时，作者唱道：

年年正月闹元宵，
秧歌晚会不能少，
不论水平歪与好，
营造气氛最重要。

张林峰我又出了场，
面对观众把实话讲，
我天天盼来天天想，
临县能早日奔小康。

2015年临县元宵秧歌晚会，伞头集体拜年时，作者唱道：

搞节约，反四风，
八项规定不落空，
秧歌拜年都开心，
可比送礼感情深。

张林峰我命真好，
遇上的好人真不少，
如今工作也安排了，
我快马加鞭朝前跑。

2016年9月16日，临县伞头秧歌艺术协会第二届换届选举，作者被聘为秘书长兼法人代表，新一届领导班子见面时，他唱道：

伞头秧歌要求精，
咱要团结一条心，

总体素质再提升，
好人品才有好作品。

山西大学音乐学院讲师杨阳，于2006年写的长篇毕业论文《临县伞头秧歌及其保护与永续利用》第二章《伞头阳歌的现状及其近年来的创新》中写道，再如，著名伞头张林峰2004年3月，在方山县和顺砖厂开业演出《唱砖的质量》：

吃了饭，砖厂转，
抓起砖头石头上掼，
石头捣得稀巴烂，
砖头还没啦崩了绽。

时任临县教育局副局长李海光在"和谐颂歌——临县第七届伞头秧歌擂台赛散记"中写道，张林峰上有老，下有小，责任在肩，生活担子相对较重，一首七字秧歌工整地反映了这种现实，透露出孝老爱幼、建设和谐家庭的潜台词——

张林峰我麻峪家，
二十九岁腊月生（临县音 shǎ），
又当儿来又当爹（临县音 diǎ），
票票经常不够花。

薛光运老前辈笔名"石人"，为吕梁市原文化局局长，一生热爱民间艺术，石头为他的最爱，他家取名为"石人居"。出版第一本曲艺集《说唱咱临县》的时候，作者在恩师康云祥的陪同下来到"石人居"求教，薛老前辈给了他很大的鼓励，并写下了长篇作品《曲坛新秀张林峰》，回来后作者将所见所想编成了以下几首秧歌：

吕梁人物天下闻,
奇才怪才出不穷,
最敬佩的何许人?
"石人居"的老"石人"。

一〇年的七月里,
我和恩师(康云祥)在一起,
来到离石"石人居",
东张西望看稀奇。

葫芦脸谱画得好,
手抄书卷真不少,
树根朽木亦能雕,
顽石圪蛋皆是宝。

促膝交谈更投缘,
句句教诲扣心弦,
"常要忆苦来思甜,
饮水不忘谁挖泉。"

专心创作深思考,
人品第一最重要,
"贵人"施恩难回报,
永远永远忘不掉。

薛老艺广留美谈,
人品高尚更不凡,
敬佩之意唱不完,
继承学习万古传。

对唱秧歌

四引张林峰

2002年，收张林峰为徒弟。林峰对文艺的爱好出于心底，很自觉，也很下功夫。十多年来，我倾心培养他，毫无保留。十年磨一剑，林峰渐渐成为吕梁文艺界的后起之秀。

一

张：　　今下午出门去演戏，
　　　　刚回来一下也没准备，
　　　　主持人叫咱对几句，
　　　　还得师傅你引徒弟。

康：　　林峰你如今翅膀硬，
　　　　能出门挣钱我高兴，
　　　　要和你套塔（排练）没个空，
　　　　没唱的了咱瞎混。

张：　　张林峰我有福气，
　　　　能和老师学曲艺，
　　　　你唱秧歌有绝技，
　　　　即兴发挥也难不地。

康：　　咱俩相处五六年，
　　　　一如既往心相连，

跟上我没啦挣了钱，
就是学得个弹三弦。

张： 康老师不要这样讲，
我是全靠你培养，
学会三弦比甚也强，
挣不得钱也觉见扬（光彩）。

康： 我这人，没财命，
能挣钱时尽闹病，
不能挣，还要弄，
把你也闪到"黑风洞"。

张： 一只羊有一圈圈草，
不能说挣钱多与少，
你教得我嘴变巧，
等于给了我无价宝。

康： 从来也没啦瞅过媚（占过便宜），
扭支八怪瞎熬皮，
墙上画马不能骑，
光圪垯嘴巧能啊地？

张： 嘴巧能把党歌颂，
构建和谐起作用，
许凡拉过讨吃棍，
后人自然有公论。

康： 张林峰你说得对（临县音 duài），
　　　知足常乐心愉快，
　　　有真本事谁也爱，
　　　不受金钱诱惑的害。

张： 有句古话我相信，
　　　人的活法没等尽，
　　　选好目标路走正，
　　　不能把钱太看重。

康： 我也相信话一句，
　　　千金难买好名誉，
　　　如果违法又乱纪，
　　　有钱也肮脏片子气（名声不好）。

张： 自古小理由人辩，
　　　咱也不能不说钱，
　　　树立正确新观念，
　　　脱贫致富做贡献。

康： 林峰你早就入了党，
　　　常评优秀人夸奖，
　　　伢村致富把旗扛，
　　　争取登上光荣榜。

张： 你叫我把旗扛起，
　　　可是我心里还没底，
　　　您对我恩深无法比，
　　　我要永远孝敬你。

康； 　　林峰说话真失笑，
　　　　我可不看你回报，
　　　　对我好赖不重要，
　　　　关键是要对你父母孝。

张： 　　自古父母一重天，
　　　　万般善良孝为先，
　　　　老师的话我记心间，
　　　　要把父母常挂牵。

康： 　　今天要把你考核，
　　　　看你合格不合格，
　　　　常给父母买吃喝，
　　　　生日你晓得晓不得？

张： 　　父母生日我没忘，
　　　　时时刻刻记心上，
　　　　宣传孝顺到处唱，
　　　　都做孝子好榜样。

康： 　　说得对，说得好，
　　　　孝顺父母传家宝，
　　　　今天唱得已不少，
　　　　以后还要把你考。

二

张: 锣鼓敲,灯光亮,
   晚会安排咱对唱,
   一老一小配搭档,
   师傅给咱引方向。

康: 你叫我来引方向,
   人老头昏脑又胀,
   年轻有为是好将,
   还是你引我跟上。

张: 年轻嘞,骨嫩嘞,
   不摊世事瞎混嘞,
   出名凭上你挣嘞,
   你叫我引咱唱甚嘞?

康: 林峰这孩实在能,
   我门神老了不显灵,
   舆论工作要先行,
   目前急需讲文明。

张: 文明不是一句话,
   时刻要在心中挂,
   不讲文明很可怕,
   背后会有人唾骂。

康: 社会文明人期盼,
   不讲文明秩序乱,

你到街上去游串，
哪些事情看不惯？

张：　　乱写乱画贴广告，
　　　　乱摆摊点占当道，
　　　　乱扔垃圾随便尿，
　　　　不知羞耻脸不要。

康：　　县委政府已重视，
　　　　创卫宣传好几次，
　　　　脏乱坚决要整治，
　　　　咱也说一不能二。

张：　　北京奥运已不远，
　　　　给中国人要长脸，
　　　　不讲卫生很危险，
　　　　不忘当初防非典。

康：　　创卫不光是县城，
　　　　农村一样要讲卫生，
　　　　自上而下要认真，
　　　　争做文明临县人。

张：　　农村创卫已行动，
　　　　全民动员齐上阵，
　　　　粉刷墙壁白又净，
　　　　路旁再不倒茅粪。

康： 你在伢村好名誉，
　　　 共青团里当书记，
　　　 创卫工作很艰巨，
　　　 你是怎样卖力气。

张： 一个人的力量小，
　　　 众志成城才是宝，
　　　 我在前面把头挑，
　　　 群众都来大清扫。

康： 唱了一段又一段，
　　　 你的反应不算慢，
　　　 咱到伢村去观看，
　　　 看你够不够当模范。

三

张： 三生有幸到碛口，
　　　 人家旅游咱也游，
　　　 临县秧歌唱几首，
　　　 师傅给咱引好头。

康： 故地重游碛口来，
　　　 好戏一台又一台，
　　　 想唱秧歌显文才，
　　　 你年轻还是你先开。

张： 山也笑，水也笑，
　　　 欢喜得寻不见颠和倒，

开口我把师傅叫，
咱唱一唱临县新面貌。

康： 你小伙子我老汉（临县音 xiàn），
跟不上形势人讨厌，
临县面貌大改变，
你说咱唱哪方面？

张： 咱也不要扯得远，
扯得远了没时间，
咱们唱时抓特点，
哪里变化最明显？

康： 全县变化都不慢，
明显还是湫河岸，
家家新房光灿烂，
人人腰里缠万贯。

张： 县委领导把方向，
到处出现新风尚，
打好农业翻身仗，
种田情况怎么样？

康： 优种地膜搞覆盖，
冬天温室种蔬菜，
山梁薄地不经晒，
退耕还林变生态。

张： 临县面貌日日新，
　　　路通带来百业兴，
　　　什么喜事梦成真？
　　　请你唱给大家听。

康： 交通厅长临县来，
　　　太佳高速马上开，
　　　河东煤田要开采，
　　　这些群众都明白。

张： 问了一遍又一遍，
　　　师傅答得很全面，
　　　还是人老有经验，
　　　徒弟靠你引路线。

康： 唱了一段又一段，
　　　临县幸福有期盼，
　　　你问得快我答得慢，
　　　就此结束向后转。

四

康： 走上台，开了腔，
　　　只会土来不会洋，
　　　我姓康，你姓张，
　　　咱围绕主题唱家乡。

张： 你师傅，我徒弟，
　　　多年从事搞文艺，

虽然你老家上年纪，
一直专研不放弃。

康： 临县生，临县长，
临县的水土养育我，
感谢家乡感谢党，
建设立功圆梦想。

张： 临县的天临县的地，
临县养活我几十岁，
临县的工作要上去，
宣传任务很艰巨。

康： 宣传见效确实难，
冰冻并非一日寒，
用兵不能纸上谈，
空喊空叫解嘴馋。

张： 学理论，讲实践，
是钢是铁火中见，
为了家乡面貌变，
整风敢于面对面。

康： 林峰本事不算小，
想把家乡建设好，
有些刁民瞎豁搅，
你恓惶得吃不倒。

张: 打铁需要本身硬,
　　 踏石也要留下印,
　　 党员干部齐上阵,
　　 定叫落后变先进。

康: 最近念的一本经,
　　 热爱家乡一时兴,
　　 嘴上喊得很好听,
　　 能是些掏出来看一下心。

张: 各级领导搭平台,
　　 口号先从喊上来,
　　 一步一步做安排,
　　 凝聚人心都搂柴。

康: 挑针要往穴上挑,
　　 响鼓不用重槌敲,
　　 建设家乡是目标,
　　 众人搂柴火焰高。

张: 到处宣传到处唱,
　　 食粮送到点子上,
　　 引领发挥正能量,
　　 家乡临县定变样。

摘自:康云祥曲艺集《说说唱唱没个完》续集

2011年5月，在临县防灾减灾专场宣传晚会上，和王继平对唱：

张： 虽然我三弦弹得好，
　　　唱起秧歌了嘴不巧，
　　　防灾减灾的知识少，
　　　还望王师你多指导。

王： 名师门下出高徒一句古话，
　　　老康的徒弟张林峰名声把压，
　　　防灾减灾咱相互学习不要害怕，
　　　紧扣主题自由发挥肯定没错（cà）。

张： 听见这话我放开心，
　　　硬着头皮往上跟，
　　　有个问题我想不通，
　　　发生地震是甚原因？

王： 老百姓说地震是地牛翻身，
　　　科学解答地震是地壳运动，
　　　今年发生在日本的海啸地震，
　　　依我划计应该是因果报应。

张： 地震是场大灾难，
　　　咱们应该早防范，
　　　可是有时也难测算，
　　　如果来了该咋办？

王：　　发生地震也不要心慌眼跳，
　　　　关键时刻头脑清醒更为重要，
　　　　首先应该向空阔的场地奔跑，
　　　　小心倒塌的建筑物把你伤了。

张：　　地震知识我记心内，
　　　　还有个问题不明白，
　　　　洪灾也有大破坏，
　　　　你说如何防水害？

王：　　国家治理水土流失想方设法，
　　　　拍起梯田栽上树封山绿化，
　　　　沟沟汊汊防洪水截流打坝，
　　　　河道疏通下大雨也不用害怕。

张：　　水灾一般不多见，
　　　　发生火灾更危险，
　　　　请你再给咱讲一遍，
　　　　防火要防哪方面？

王：　　火灾防范所涉及许多方面，
　　　　进入林区加油站禁止吸烟，
　　　　刮风不能烧秸秆注意安全，
　　　　最主要是要做到安全用电。

张：　　防灾减灾很重要，
　　　　你的办法通巧妙，
　　　　防患于未然见实效，
　　　　啊地能叫群众都知道？

王：　　　　随时随地存在着各种灾害，
　　　　　　防灾减灾宣传要力度加倍（临县音 bài），
　　　　　　时间关系咱二人先回后台，
　　　　　　明天开始咱下乡宣传防灾减灾。

2012 年正月十五元宵秧歌晚会，和郭建华对唱：

郭：　　　　冯家会家为观众跌了一场武戏，
　　　　　　对唱秧歌碰上了林峰兄弟，
　　　　　　名师门下出高徒你多才多艺，
　　　　　　能与你对唱郭建华我真有福气。

张：　　　　兵对兵，将对将，
　　　　　　伞头对唱要找搭档，
　　　　　　谁也看不下和你唱，
　　　　　　歪了么我把你拖上。

郭：　　　　康老师手把手将艺术传授，
　　　　　　多年来你勤学苦练功底深厚，
　　　　　　有口皆碑曲艺界的后起之秀，
　　　　　　瞎子的送粪跟驴走你先我后。

张：　　　　你这后生实在怪，
　　　　　　各就把各糟蹋坏，
　　　　　　拖上你是要把年拜，
　　　　　　又没啦说你的眼不对（临县音 duài）。

郭：　　　　元宵佳节兄弟二人站到台上，
　　　　　　借此机会拜晚年把新春恭贺，

　　　　并不是我郭建华爱和你抬杠，
　　　　主要是你张林峰的用词不当。

张：　我学校没啦沾边边，
　　　文化没啦一点点，
　　　写字光会画圈圈，
　　　歪也捉你实憨憨（临县音xiàn）。

郭：　貌不惊人的张林峰你是侯身身（小个子），
　　　上学读书踏踏实实认认真真，
　　　曲艺界的佼佼者你大名鼎鼎，
　　　今黑间你怎么奇奇怪怪尽诌经经。

张：　身身不大我通大气，
　　　文化不高是好才低，
　　　今黑间对唱碰上你，
　　　先褪毛来后剥皮。

郭：　出窝野兔你正好碰上神枪猎手，
　　　奔来奔去我觉得你无路可走，
　　　孙悟空的七十二变会翻金斗，
　　　腾云驾雾也出不了如来佛之手。

张：　二〇一二龙年到，
　　　兔子已经睡了觉，
　　　西游记更是老一套，
　　　你经常是个马后炮。

郭：　　　龙年新春到台口龙腾虎跃，
　　　　　生龙活虎的郭建华龙吟虎啸，
　　　　　龙潭虎穴兔子你怎敢胡闹，
　　　　　龙的传人龙马精神我当头一炮。

张：　　　建华这人尽胡闹，
　　　　　说话不怕人耻笑，
　　　　　龙年唱龙立意妙，
　　　　　谁叫你当头又来一炮。

2016年"公共卫生健康教育"专场文艺晚会上，和杨金芳对唱：

张：　　　主持人，巧安排，
　　　　　秧歌对唱再登台，
　　　　　杨金芳你是高才，
　　　　　唱甚的内容你先开。

杨：　　　张林峰你把式硬，
　　　　　尽要装个脑子笨，
　　　　　卫生院家搞活动，
　　　　　主题是甚咱唱甚。

张：　　　张林峰我也很聪明，
　　　　　金芳你一点我就通，
　　　　　假如你很快就要结婚，
　　　　　婚前孕前要准备些甚？

杨： 假如我又能当新娘，
婚前体检记心上，
计划生育高质量，
孕前检查不能忘。

张： 杨金芳你脑子好，
提前检查办法巧，
乡镇卫生院经常跑，
花钱肯定不得少。

杨： 孕前孕后吃叶酸片，
母婴传播最危险，
定期卫生院去体检，
全部免费不花钱。

张： 乙肝梅毒艾滋病，
母婴传播很严重，
由不得我就又要问，
这养孩时要注意些甚？

杨： 住院分娩很理想，
提倡母乳来喂养，
卡介苗接种早预防，
新生儿筛查用得上。

张： 咿城里的人们新观念，
我们来是农民难转变，
养孩时也想要进医院，
就是这口袋里不装钱。

杨： 看来你还是害不下（不懂），
公共卫生有政策（临县音cá）
卡介苗接种做检查，
一分钱也不用花。

张： 公共卫生都知晓，
服务项目真不少，
一分钱也不用掏，
怎么好的这地个好。

杨： 人家好了咱更要好，
卫生院体检定期搞，
儿童营养不能少，
免费领取营养包。

张： 三十几年如闪电，
小伙子不觉变老汉（临县音xiàn），
咱孩长得很康健，
可么就轮上我揸炒面。

杨： 日月轮回如赛跑，
新嫘子不觉就变老，
伢儿的岁数也不小，
走！下去给你把炒面炒。

其他秧歌

临县是伞头秧歌之乡，有时来临县旅游的游客也会要求导游唱上两首，有位导游就邀请作者帮他编了以下几首：

贫困大县历史久，
十年九旱饿死狗，
谋求生存到处走，
世代留下个《走西口》！

地下煤炭是宝藏，
地上红枣高质量，
劳务输出齐向上，
胜利的秧歌到处唱！

中央后委在林家坪，
边区政府在三交镇，
碛口是晋商西大门
寨子山住过毛泽东。

有位好友说他侄儿腊月十三要结婚了，他想在婚礼上唱几首秧歌，并告诉作者，他弟弟叫李云，弟媳叫月连，侄儿叫海红，侄媳叫小利。作者遂编了以下几首：

腊月十三是良辰，
侄儿海红今结婚，

迎来四方众亲朋，
李门吉祥喜临门。

黄河岸边李家沟，
锣鼓喧天凯歌奏，
海红结婚竞风流，
前途光明似锦绣。

海红小利人人夸，
天作之合到一达（一起），
好汝子寻下好婆家，
真是叫锦上又添花。

侄儿海红有福气，
迎的媳子叫小利，
心想事成都如意，
闯出一片新天地。

咱的海红今结婚，
媳子小利惹人亲，
早生贵子梦成真，
给咱李门扎下根。

李云是个咪兄弟，
月连更是有福气，
儿女双全真可喜，
又熬成神神好名誉。

李云月连等身身，
挣的有银有金金，

迎的嫂子惹亲亲，
明年这会就抱孙孙。

海红小利情谊长，
喜结良缘大吉祥，
早生贵子状元郎，
咱一代更比一代强。

咪哥李云是大灰鬼，
两只眼盯住看小利，
看着看着就流涎水，
他说是闻见炒面味。

熬成神神如了愿，
亲嫂子邪神又显艳，
李云和小利初相见，
扯住就尽要搯炒面。

小利惹亲人人夸，
长得就像一朵花，
羡得李云嘴卜咋，
唉！只能看来不能挖。

李云咪哥通把压，
天不怕来地不怕，
见了小利也敢拉扯（临县音 chà），
就怕月连把眉眼宨。

李云如今成了神，
日谋夜算想显灵，
如果假的成了真，
月连咪嫂抽你的筋。

世上最难熬神神，
熬成了分开圪楞楞，
揩炒面是个虚名名，
还得你装哑装聋聋。

　　有一次，作者同事的妻子说她们要三十年同学聚会，让作者代编几首聚会的十字秧歌。作者编了以下几首：

同学聚会到一起红火热闹，
汾阳师范八七届都来报到，
开怀畅谈三十年有说有笑，
我就是咱临县的四十八号。

曾记得咱刚入师范都很年轻，
无忧无虑甚也不愁过得开心，
学习互助生活共帮同学情深，
人生记忆永远留下美好青春。

有的同学思想上进锦上添花，
有的同学调皮捣蛋一心玩耍，
有的同学文质彬彬无比文雅，
有的同学搞了对象青梅竹马。

走出校园小伙子都变成新郎,
女同学们再也不能称呼姑娘,
为了生活艰苦奋斗耕耘一方,
不知不觉有了皱纹头发变苍。

三十年前咱相聚在汾阳师范,
三十年来一直联系未曾中断,
三十年后同学聚会聊天吃饭,
再三十年还能都来内心期盼。

作者朋友的妻子是城镇幼儿园的教师,在 2015 年新年联欢会上她想唱几首秧歌,作者帮她编了以下几首:

辞旧迎新又一年,
喜天喜地喜空前,
喜看城镇幼儿园,
一步一个新台阶。

新年钟声又来到,
神州一片新面貌,
万马归山传捷报,
三阳开泰吉星照。

咱的园长有经验,
有理论来有实践,
团结大家连成片,
不断开创新局面。

强将手下无弱兵，
老师个个是精英，
手牵手来心连心，
教育事业献青春。

咱的职业也不差，
献身教育好评价，
育得桃李满天下，
绘就江山美如画。

  有一次，一位记者朋友写好了一篇赞美交警的稿子，中间需要三首十字秧歌来点缀，作者编了以下三首：

临县县委县政府体察民情，
大力支持交警队服务人民。
各项设施新装备一流水平，
出勤出警效率高群众欢迎。

超员超载超速行驶留下隐患，
酒后驾车醉酒驾驶制造灾难。
无牌无证违法违章一片混乱，
交警大队严肃查处人人称赞。

省市开展专项整治立说立行，
临县交警认真落实责任到人。
大力维护一方平安道路安宁，
首战告捷继续努力再攀高峰。

其他作品

其他作品

　　临县的文艺表演形式多种多样，除以上归类的几种以外，还有晋剧、民歌、小会子、祭文编唱、朗诵、演讲等。由于篇幅的限制，本章只把作者编唱过的一些有代表性的其他作品收录进来。同时，也将作者写过的一些有代表性的文艺类论文和政协委员提案收录，作为参考。

祭恩师

2017年农历九月初四是二十四节气中的霜降，也是我终生难忘的日子，亲眼看着我的恩师、临县人民艺术家康云祥于早晨6：05永远地离开了我们，离开了他终生热爱的舞台。此时我的心情万分悲痛，没有恩师的引导培养就没有我的今天，虽然恩师病重以来我一直守在病床前，但是寸草怎能报得太阳恩呢！恩师生前常说"林峰办事我最放心"，我一定要送恩师走好最后一程。将恩师送回安家庄乡康家岭村老家后，我亲自为他剃头、穿寿衣、入殓，并携妻子任花眼披麻戴孝为恩师送终。此篇为送葬恩师午奠祭文。

维：公元二〇一七年农历九月十四，弟子：林峰、花眼等，谨以一腔悲哀，两行泪水，哭告于恩师之灵柩前。

曰：

时逢霜降	百草凋零	恩师辞世	择吉送行
弟子林峰	万分悲痛	灵前祭奠	滚油浇心
恩师对我	情深义重	虽非骨肉	如同亲生
一十六年	心心相印	一如既往	似海情深
恩师教诲	德艺双馨	人品第一	牢记心中
文艺创作	思想上进	服务人民	教育群众
香花毒草	必须分清	艺术追求	精益求精
扎根基层	叶茂根深	实事求是	黑白分明
当啄木鸟	做环卫工	心灵医生	治病救人
传授艺术	严格认真	毫无保留	一片真诚
四功五法	讲解精通	我等技艺	不断提升
秧歌快板	礼生编文	说书演戏	会写剧本

德才兼备	社会公认	贵人提拔	国家重用
事业编制	早已转正	老来老圪	挣下一份
师徒合作	天衣无缝	起居生活	相互照应
登台献艺	如影随形	不引林峰	您不出门
省市调演	常得好评	背上三弦	到过北京
我办公司	恩师高兴	台前幕后	力气出尽
去年六月	身染恶病	今年六月	病情加重
九月初四	六点多钟	晴天霹雳	地裂山崩
恩师辞世	我等伤心	号啕痛哭	响彻天空
恩师何以舍我	我将何以为亲	只有对柩空奠	
伤心泪如倾盆	借用一曲致祭文	音容梦中追寻	

谨告：

〔借用孟姜女哭长城调〕
　　林峰我双圪膝跪在师傅灵前，
　　眼看见陪伴师傅就剩下今一天，
　　不知不觉师徒情深一十六年，
　　一幕一幕像放电影眼前又出现。

　　〇二年县文化馆组织培训，
　　我第一次去见您参加报名，
　　康老师你满心欢喜说话很热情，
　　可惜咱一共才招得两个学生。

　　我三番五次去找您师傅感动，
　　叫学弹三弦打竹板给我下令，
　　您说是答应这条件就收我入门，
　　这期培训出我一个人咱也算成功。

林峰我下决心要当您的徒弟，
学弹三弦学打竹板一心一意，
坚持坚持再坚持决不放弃，
下定决心一定要出人头地。

早起练了绕口令黑间弹三弦，
前晌上课学创作后晌练表演，
三个月学得自弹自唱小节目也能编，
正式收我为关门弟子师傅您露笑脸。

本来我是小学毕业还没啦个好嗓戏，
修车则操的黑出挖脸走不到人跟底，
有人说您瞎了眼收得这徒弟，
凭上我谁见叫您受了多少气。

师傅不但不嫌弃还把我当成宝，
啊里有大型活动引上给啊里跑，
逢人就说您的徒弟人品特殊好，
不知不觉我的地位也不断在提高。

康老师您常教育我做事先做人，
没啦好人品就不会出来好作品，
爱党爱国爱人民爱憎要分明，
最主要的一点是一定要感恩。

十六年来我凭上师傅突飞猛进，
修车则的还安排了工作吃了财政，
省级非遗传承人是省政府任命，
国家级的曲协会员得到了肯定。

跟上师傅不光是学得创作表演，
做人做事更是我学习的关键，
人们都说康云祥的徒弟经得住考验，
走到啊里呀人们对我另眼相看。

只因为我出身贫寒身体又不好，
师傅对我各方各面都要关照，
〇九年就给我买下新式电脑，
明里暗里帮助我谁知有多少。

每一个月我到仰上要去好几回（临县音huāi），
一见面就拉他（拉话）的走也走不开，
有一回我二十来天仰上没啦来，
一见我些你就说"啊呀！你怎么肯来该"。

年时你北京做了手术我医院去看你，
一见面时您就把我抱在了怀里，
嘴里还说谁叫你来该这路费太贵，
身体又不好还远远路程受这些克制。

师傅你病重以来我常守在您跟底，
看见您一天不如一天我偷地常流泪，
眼盯住师傅咽下了最后一口气，
真不知道以后我还再能依靠谁？

师傅徒弟了咱这是最特殊的关系，
谁说我不好您就要和谁生气，
师傅就是再生父母我永远牢记，
下一辈子我肯定还是您的徒弟。

师傅走了我孝敬师娘不离不弃,
您的意愿我一定要坚持下去,
为了发展"康家军"搞好曲艺,
从今天起我也开始招收徒弟。

九百多个学徒中您最爱我林峰,
叫我办事师傅您最能放心,
今生今世没啦能报您的大恩,
有甚需要了师傅您给我托个梦。
(还)康老师您永远活在我们的心中。

东游记

作者作为山西省唯一的学员,参加了 2018 年群众文艺创作(戏剧)高级研修班培训,在结业之际,根据实际情况有感而发,写出了此作品。

阳春三月,万里晴空,
观音点化,千里传音。
委以重任,文艺振兴,
东方明珠,求取真经。
接到旨意,即刻动身,
四轮白驹,送往龙城。
忽生双翼,就地升空,
腾云驾雾,一路向东。
落于虹桥,入住田林,
八方神仙,相敬如宾。
佛祖传教,无比诚心,
谆谆教诲,牢记心中。
十二昼夜,如眨眼睛,
各奔东西,友谊永存。
真经五部,文牒一本,
功德圆满,吉日返程。
地龙相送,祥云接引,
回到临州,如梦初醒。
细思细想,天意已定,
发扬戏剧,造福黎民。

注释：阳春三月的一天万里晴空，忽然有一位女老师从千里之外的上海打来电话，通知我到上海参加2018年群众文艺创作（戏剧）高级研修班培训。接到通知后我乘坐白色轿车如期赶往龙城太原，转乘飞机一路向东，落于虹桥机场，入住田林宾馆。这期研修班全国共有32人参加，来自四面八方，大家相敬如宾。专家教授讲课更是像佛祖传教一样无比诚心，谆谆教诲我将永远牢记心中。一眨眼12天已经过去，虽然我们各奔东西但友谊永存。我带着专家教授赠送的5本教材书和一本结业证，乘坐地铁到达虹桥机场，后又转乘飞机直入云端，回到临县如梦初醒，细细思想，我一定要用好这次学来的专业知识，发扬家乡戏剧，造福黎民。

创作于2018年6月

青塘！美丽的故乡

(青塘村歌)

作者作为安业乡前青塘村驻村第一书记，在"改革创新，奋发有为"活动中，发挥自身优势，把文旅融合运用到扶贫中来，编创了临县第一首村歌《青塘！美丽的故乡》。在第五届青塘"粽叶香"民俗文化节上，由临县文化和旅游局全体人员合唱了这首村歌，得到了广大群众的一致好评，同时也助推了前青塘村的旅游产业发展。此作品荣获"吕梁市庆祝中华人民共和国成立70周年暨第十届戏剧剧本、小戏小品、曲艺、歌词征文评奖"歌词类二等奖。

（伴唱）　芦苇荡，大鱼塘，
　　　　　古街道，稻花香，
　　　　　青塘啊青塘！生我养我的地方。

　　　　　望不穿的芦苇荡，
　　　　　游不遍的大鱼塘，
　　　　　走不尽的古街道，
　　　　　闻不够的稻花香。
　　　　　山曲一唱嗓门亮，
　　　　　扭起秧歌精神爽，
　　　　　乡音回荡湫河岸，
　　　　　粽子飘出十里香。

（伴唱）　　热土炕，红高粱，
　　　　　　土窑洞，爹和娘，
　　　　　　青塘啊青塘！我美丽的故乡。

　　　　睡不够的热土炕，
　　　　吃不厌的红高粱，
　　　　忘不了的土窑洞，
　　　　离不开的爹和娘。
　　　　汗水一挥有力量，
　　　　挺起胸膛走四方，
　　　　奋斗精神永不变，
　　　　龙山凤岭是脊梁。
　　　　青塘啊青塘！生我养我的地方，
　　　　青塘啊青塘！我美丽的故乡。

创作于2019年3月

注：龙山、凤岭为前青塘村的地名。

浅谈临县三弦书的挖掘抢救与保护发展

临县三弦书又名"说书"或"瞎子说书",因盲艺人以口耳相传,所以没有见过任何临县三弦书文字剧本。长期以来,它没有固定的舞台和场地表演,还带有一定的封建迷信色彩,史志资料中也没有见过关于临县三弦书的记载。据有姓名可考的盲艺人传承谱系推断,临县盲艺人民间说书始于清咸丰年间,至今已有160多年的发展历史。它盛行于20世纪,20世纪60年代后进入发展新阶段,由原来盲艺人说唱表演的窑洞艺术,转变为健全人参与编创并搬上舞台的本地重要曲种。临县三弦书展示出了独特的乡土性、趣味性、艺术性,是我们民族文化中极其珍贵的非物质文化遗产。

临县三弦书起始于一种带有神秘色彩的民间说唱艺术。用历史的眼光看,三弦书的初始作用在于代为广大民众求神降福、敬神还愿等,希望消灾免难,过上健康平安、丰收幸福的日子。除此之外,有时也会有专门用来娱乐的说书场。不论何种形式,三弦书本身的职能就是为了教化民众,许多内容都是围绕爱国、忠贞、亲情、行侠、重义、从善、孝道等主题展开,主旨在于弘扬真善美,摒击假丑恶。在改革开放之前,广大山区农村信息闭塞、交通不便,接受新鲜事物的机会很少,三弦书在很大程度上承担了广大乡村的宣教义务,教化民众,服务社会。

作为一种在民间影响深广的曲艺种类,它使用的是朗朗上口的韵句,以七字句居多,也有八字句和十字句,但每组句数都是偶数。说唱时有板式、有音调,以三弦为主要伴奏乐器,通常还配有腿板、小铜镲、醒木等。在表演中弹奏曲调紧紧结合说唱内容，一个人一台戏，喜怒哀乐，抑扬顿挫，能把听书人引入书文中来，与书中人物喜之同喜、悲之同悲。听书听到误了饭、听书听到尿裤子实属常事。

据了解，大约从1900年开始，临县三弦书逐渐进入繁荣期。临县樊木头村的盲艺人高百魁（小名高大锤，生于1880年）为说书队伍中的领头人，他是临县三弦书的第三代传人，曾给毛主席说书的陕北说书人韩启祥也是高百魁之徒。临县于1940年首次成立"临县盲人宣传队"，以临县三弦书为主要演出形式。1957年，临县政府出于对三弦书艺术的保护和发展的需要，组建了盲人协会，盲艺人樊呈瑞（小名班生，三交镇人）为首任会长，盲艺人高吉民（小名宋林，林家坪镇马罗塔村人）等为副会长，当时全县有盲人418人，选出三弦书说唱高手60多人，重组了盲人宣传队。宣传部又组织了专门的三弦书创作班子，创作出了《红色饲养员》《山间护田人》《学大寨》等书目供盲人学习、说唱，并鼓励他们宣传新时代，服务大发展。在政府的正确引导下，盲人宣传队为当时的宣传工作做出了巨大的贡献。

1968年，在县委政府的支持下，明目人樊如林、杜洪益、康云祥等创造性地将说书艺术从窑洞搬上舞台，打破了明目人不说书的传统禁忌，为临县三弦书的发展迈出了一大步。20世纪六七十年代，临县每年组织300余人的盲人宣传队进行培训，规范说唱艺术，同时教盲艺人应时的书目，1977—1978年，临县三弦书更是达到了鼎盛时期。

改革开放以来，我的恩师康云祥和老前辈樊如林，共同合编并表演了一大批紧扣时代气息的经典三弦书段子。1986年，在吕梁市举办的"杏花歌会"上，他们以临县三弦书《回娘家》精到的表演获得了一等奖，当时轰动吕梁。2004年，康云祥老师和他的儿子康宝生，以临县三弦书《盼》获得"吕梁市家庭文艺调演"二等奖。同年，康老师率领康宝生、侯建荣和我，以临县三弦书《选村长》获得"吕梁市首届晋西弹唱调演"创作、表演两个一等奖。在"纪念中国共产党建党90周年吕梁市第四届戏剧剧本、影视剧本、小戏小品、曲艺、歌词征文评奖"活动中，康云祥老师的临县三弦书《回头是岸》获曲艺类三等奖，我的临县三弦书《上访记》获曲艺类二等奖。临县三弦书的作品及表演先后获得过市级以上表彰奖励数十次。在平时的宣传及晚会中，临县三弦书也是一个很受欢迎的表演形式，更有人制售说书磁带、光盘挣了大钱。现在临县三弦书已被山西省政府列入"省级非物质文化遗产保护项目"。

但是，近年来随着社会转型发展，文化事业遇到了太多的挑战，曲艺类受到的冲击更大。临县三弦书的发展也受到制约，甚至面临失传的风险，具体有以下几个方面：

第一，传统精髓大量散失。临县三弦书在发展中产生了很多经典书目和精致唱词，再加上民间艺人的感悟提升，使它在艺人中从形式到内容都得到了拓展，进而带动了众多从业者。多年来临县三弦书一直靠自发传承，缺乏系统有效的整理、记录、保存，都是口口相传，也就是人在本领在，人去本领亡。行业内技艺超群者多为长者，随着老艺人的逐渐离世，不少优秀书目和精湛技艺已经失传。与此同时，部分从业者盲目追求时尚，注意力倾向于时代歌曲而不专注三弦书。特别是，由于专业研究不够，以讹传讹的唱词比比皆是，这些对临县三弦书的传承造成了较大的负面影响。

第二，从业队伍青黄不接。随着医学不断发展，年轻盲人越来越少，再者，由于有力的社会救助，盲人的生活相对有了保障。大部分盲人进入专业的残疾人学校学习，盲人创业从业机会增多，很少有人学习和传承临县三弦书，从而造成了从业梯队老龄化，出现了严重的青黄不接现象。作为主要靠口传心授传承的临县三弦书，从业者队伍的大幅缩减对艺术发展是极为不利的。

第三，传统观念负面影响。在临县区域内，人们的思想认识是盲人说书，健全人听书。虽然有不少人喜欢临县三弦书，但在传统观念中说书是低贱行业，如果健全人说书，别人就会说你是"瞎子"，所以人们宁愿外出打工甚至乞讨也不愿从事这一行业。再者，临县三弦书学起来比较困难，没有两三年功夫是学不会的，如果想要创作段子自编自唱，那就更难了。因此，基本上没有明目人来学临县三弦书，使之无法发展。

第四，影视替代，网络冲击。随着影视文化和网络时代的发展，人们看得更远，在诸多艺术门类竞争中，临县三弦书明显处于劣势，使得青少年群体渐渐淡忘了这一地方传统曲艺，传播市场受到了较大的制约。

以此可见，临县三弦书的抢救与保护迫在眉睫。为了使这一宝贵的民间非物质文化遗产不被失传，我建议应做到以下几点：

一、建立机构落实责任。不管干什么事情，都必须有属于自己的活动场地和必要的保障做后盾。我们应该先建立一个专职机构，这个机构可以由县委宣传部、县文化广电新闻出版局、县曲艺家协会共同组建。但必须主题明确，建议定为"临县三弦书挖掘抢救和保护发展领导组"，由宣传文化部门领导担任组长，并聘请县级领导为顾问，组建起一个责任心强、吃苦耐劳的工作组，并根据需要明确分工，落实到人。

二、摸底调查建立档案。首先，要对全县的盲艺人及传统书目做一个摸底调查，并造册登记，弄清临县现有及已故的盲艺人人数，进一步弄清他们的师承关系。同时，统计现有书目中的长篇书目、中篇书目和小段各有多少，再将传统书目与现代书目详细分解，而后建立档案，做到一人一档、一书一档。这项工作需要工作人员两名以上，约四个月时间（或许更长），摄像机一台和记录所用相关器材，并申请县委县政府出具正式文件，让各乡镇及有关部门支持配合。

三、蹲点摄制保存档案。在掌握第一手资料之后就可以制订摄制计划，如具体请谁来说唱哪个段子等相关方案（为了节省开支，我建议蹲点摄制）。摄制工作逐步进行，所摄制内容全部保存电子影像资料，建立电子档案。这项工作需要工作人员两人以上，约六个月时间（或许更长），摄像机和笔记本电脑各一台，以及相关器材、盲艺人补助金费等。

四、整理脚本编印成册。根据以上书目档案和影像资料，我们可以把它翻译成第一手脚本，再进行整理改编，编印成册，同时再制作影像光盘等。这项工作需要工作人员两人以上，约一年时间（或许更长），办公场所一处和所需相关器材，也可根据实际情况灵活运用。

五、推陈出新做大做强。不断挖掘临县三弦书的众多优点，去粕取精改革创新，结合文化产业发展规划，出版临县三弦书著作、光盘等，再创办一个临县三弦书网站。由白文艺校或文化馆常年开办一个临县三弦书培训班，再组织一批专业的临县三弦书创作人员，不断创作精品，并组建一支临县三弦书说唱队伍，再创办几个书场，将临县三弦书做成文化产业，在进入市场中进行开发式保护。

抢救保护临县三弦书，将是一件有利于千秋万代的大好事。临县三弦书就像一座未经开发的文化宝库，我相信，有关领导一定会慧眼识珠，留住这宝贵的文化遗产。如有机会，我愿献出自己微薄的力量，我有信心、有决心将这件事情做到最好。但愿临县三弦书发扬光大，永久不衰！

创作于2011年7月，发表于《湫虹》2012年第1期，已入选《临县志》

浅谈临县伞头秧歌的歌词编唱

临县伞头秧歌历史悠久源远流长，现为国家级非物质文化遗产保护项目。虽然说，伞头秧歌编唱只是临县伞头秧歌中的一部分，但也是最显眼的一部分，其特点是即兴发挥、不拘一格、现编现唱，针对性很强，同时又能满足人们的好奇心，所以深受广大群众喜爱。据了解，临县伞头秧歌最初是由祭祀天地神灵的祭歌演变而来，由最初的固定唱词演变为即兴编唱，由单一的祭祀演变为生活中不可缺少的一种文化娱乐活动。因唱词四句为一首，句式不受限制，相对要求不是很高，对生活在伞头秧歌发源地的临县人来说，因自幼无数次地耳濡目染临县伞头秧歌，所以，大多数人都能唱出几首民间流传的经典秧歌，并可随意编唱几句。

随着时代进步、社会发展、网络丰富，临县伞头秧歌的编唱也进入了一个全新的发展时代，从前几年的QQ、呱呱到今天的微信群，听到最多、看到最多的就是伞头秧歌编唱。然而也出现了一些乱象，如部分伞头秧歌编唱者思想极不健康，时常编唱一些低级下流的谩骂秧歌、荤秧歌，甚至编唱一些反党、反政府的负能量秧歌，对社会造成了极大的危害。还有一些秧歌初学者认为只要四句押上韵就是一首临县伞头秧歌，为了押韵就出现了不少病句秧歌，还有人认为七字秧歌就必须是每句七个字，十字秧歌就必须是每句十个字，因此也出现了不少语句意思不明确、前言不搭后语的秧歌，还发到了网上，这严重损坏了临县伞头秧歌的形象。就此，我提出几个不成熟的观点，仅供大家参考。

一、秧歌立意

秧歌只是一种文艺表现形式，主要体现的还是它的唱词内容。一首好的秧歌可以凝聚人心、催人奋进，一首不好的秧歌可以将人引入歧途、产生误解，甚至感到恶心。再者，一件作品代表着作者的人品，所以说秧歌编唱立意尤为重要，所编唱内容一定要思想健康、积极向上，用词方面要注重文明礼貌，尽量以弘扬主旋律、传播正能量为主。专业从事秧歌演唱者更应该时刻以一名合格的文艺工作者来严格要求自己，把德艺双馨作为自己的追求和艺术发展的方向。在艺术方面，秧歌立意要注重一个"怪"字，要做到情理之中、意料之外，充分满足人们的好奇心。

二、秧歌押韵

编唱秧歌首要的一点就是要四句押韵，临县伞头秧歌唱词押韵的主体为十三辙（也叫十三韵）。有不少人对十三韵感到很神秘，更有一部分专业秧歌演唱者也只知道押韵，对十三韵却说不出个所以然来，现在我用十三个字的一句话来列出十三韵，就是："劳模江苏才兴修水利大办农业"，这里的每一个字代表一个韵，正好十三韵。而在我们临县"人成"和"中东"混为了一韵，"言前"和"乜斜"有时也混为一韵，"一七"和"灰堆"有时也混为一韵，再加上临县方言一般不用"梭波"押韵，这样一来就等于变成了九个韵。在此基础上加上地方方言"日子"韵（也叫"入声韵"），和整体认读音节"兹、词、丝"等，大体可归类为十一种韵。由于临县地方方言就有好几种，所以，同一个字发出音来也会有所变韵，如"羊""墙"等字。作者认为在平时演唱中以演唱者口语押韵、顺口为标准。如果在押韵的同时做到不混韵、不重韵、再押声就为上乘作品，能做到方言和普通话都押韵，唱起来还顺口那就更好了，这样的话，外地人就更容易听懂。

还要说明的是，有不少初学者为了押韵病句连篇，前言不搭后语，如"中华儿女五十六，喜迎党的一十九"，他要表达的是全国各族人民喜迎党的十九大胜利召开，但为了押韵就出现了此种现象。在编唱时一定要用韵自然、得体，更不能因韵伤意，要学会换韵（变韵）。选韵时要尽量避免"日子"韵，因为此韵秧歌放在书面上大多就成了"四跌壳"（不押韵）秧歌了，编唱秧歌也要跟上时代步伐，扬长避短，不断改进。

三、秧歌句式

作者认为秧歌句式一般分为七字句和十字句两大类。秧歌句式不一定是由字数而定，而是由每句的节奏来分类，如节奏为二二三、二三三、三三三等，只要尾节奏为三个字就可归为七字句。如节奏为三三四、四三四、四四四等，只要尾节奏为四个字就可归为十字句。但七字句和十字句是绝对不能混为一首秧歌的。有不少人在编唱秧歌时很注重豆腐块秧歌（等字秧歌），因受字数限制而出现了意思表达不完整、加入了衬词、失去了节奏感等问题，所以说在一首秧歌中，不管是七字句还是十字句，每四句的字数不一定都要相等，一定要运用自然，如果能自然地编成等字秧歌，那就更好了。

四、秧歌造句

秧歌编唱主要是以唱词内容为主，所以造句很重要。秧歌编唱者一定要注重词句积累，如果能达到韵脚熟悉、语言丰富、知识广泛，那编唱秧歌就不是很难了。在秧歌编唱时，一定要把一首秧歌的主题放到第四句，因为前三句可以说都是铺垫，第四句要起到画龙点睛的效果，给人们一种惊奇的感觉。在一首秧歌立意时，首先想到的第一句歌词应该就是这首秧歌的主题，所以按理论说，秧歌歌词应该是倒着往回编的。秧歌编唱是以口头表达为主，在用词方面应多用民间常用口头语言，一定要知道观众想听什么，要唱出观众的心声，唱到观众心里去，最好能和观众互动起来。切记不可故作高深，需达到妇孺皆知，因为秧歌编唱是以服务广大群众为主的，如果用生疏的词语、成语编出一首秧歌，大多数人都听不懂，那还有意义吗！

五、秧歌演唱

秧歌演唱也是一个很重要的环节，同一首内容的秧歌，不同的人唱出来会有不同的效果，秧歌演唱不同于其他歌曲，歌曲演唱一般都是以腔带字注重发声优美，而伞头秧歌演唱是以字行腔注重吐字清晰。在曲调选择方面作者提倡百花齐放，应该选择适合自己的曲调，而不要盲目追捧，因各人嗓音及其他条件不同，别人能唱好的曲调不一定适合你唱，适合的才是最好的。秧歌演唱，顾名思义就是唱的同时也在表演，所以也就要注重表情、气质。如果是登台演唱和引大会子出门拜年，那就讲究更多了，首先要衣着穿戴得体，台步挺胸抬头，伞要举高举直，虎衬不离胸前，扭要自然大方，扭着出场退场，转伞定要平稳，表情带有喜色，摇虎衬以叫板，开口声音洪亮，曲调昂扬婉转，心灵沟通观众。

总之，临县伞头秧歌的编唱看似简单，实际要求很高，要出精品那就更难了。但是，只要我们不断地去研究、去锻炼，就一定能不断提升自己的实力，一定能把临县伞头秧歌这门古老的民间艺术更好地传承下去。

创作于 2018 年 1 月

培植先进文艺　引领临县发展

——2018年政协委员提案

"文艺是铸造灵魂的工程，文艺工作者是灵魂的工程师。""文艺事业是党和人民的重要事业，文艺战线是党和人民的重要战线。"随着社会快速发展，人们生活方式的转变以及网络的冲击，临县的文艺现状不容乐观，政府演出团体几乎为零，这样一来，临县的文艺主体就只有个体演出团体和演出公司了。随着人们文艺欣赏角度的转变，晋剧演出和三弦书说唱也渐渐淡出了人们的视线，这就造成我县文艺存在着形式单一、缺乏创新等诸多问题。

一、我县文艺现存的问题

（一）缺乏上进思想。临县部分文艺工作者思想落后素质偏低，不知道自己是谁，要依靠谁，为谁而服务，作品低级下流，甚至传播淫秽内容，满脑子铜臭，为了挣钱不择手段，在公共场合、舞台之上相互谩骂脏话连篇，甚至侮辱子女丑化父母。这不仅对人民群众造成了精神和心灵的双重伤害，也严重损坏了文艺工作者的良好形象。

（二）缺乏创新能力。临县的部分文艺工作者失去了创新能力，因为他们根本不知道"二为方向"和"双百方针"的存在，一切向钱看，让文艺充当了市场的奴隶。他们没有认真学习党的方针政策，没有认真学习文艺座谈会精神，更没有在如何提升自己艺术水平上下功夫，他们认为广大人民群众是愚昧的，不懂得艺术，这是极大的错误。在市场竞争中不是想着如何提升自己来高于别人，而是想着怎样拆别人的台来突出自己。这样一来，我县文艺只会是退步，很难有创新发展。

（三）缺乏创作方向。一些演出团体和个人，创作出了一些紧扣时代的文艺作品，这是大好事。但也有一部分作品只注重一己之欢，缺乏思想性、教育性和引导性，作品不接地气，没有反映出广大人民群众的生产生活，而是扭曲事实一个劲地吹捧，在表演中为了赢得观众的笑声更是丑态百出。这不仅起不到良好的宣传效果，反而是对文艺的践踏和侮辱。

二、几点建议

（一）组织培训扭转思想。政府宣传文化部门应对全县文艺工作者进行分批培训，让他们认真学习"二为方向"和"双百方针"，认真学习党的路线方针政策，认真学习习总书记系列讲话精神，认真学习文艺座谈会精神和党的十九大精神，让我县文艺工作者更加明确自己的发展方向，在文化素质、思想道德等方面都能大幅提高，打造出一支临县文艺精英团队。

（二）培养新人打造精品。宣传文化部门应大力培养文艺人才，鼓励文艺创作。每年至少开展一期文艺创作培训活动，筛选出我县有创作基础的人员进行不少于1个月的创作培训，作品形式注重百花齐放，对成绩优秀的学员可推荐到相适应的工作岗位。除此之外，每年至少组织一次文艺创作评奖活动，按作品优劣给予奖励，对创作出来的文艺精品由政府购买后编印成册，发放到全县各演出团体排练演出。以此来为我县培养出更多的思想上进的文艺创作人才，和打造出更多的文艺精品。

（三）打击低俗扶持先进。公安和文化执法单位应对无证经营、传播负能量内容、思想不健康的表演团体和个人进行严厉打击，更进一步净化临县文化市场。同时，扶持一批思想上进艺术精湛，能起到引领作用的先进文艺团体，给临县文艺创造一个良好的生存发展环境。

（四）全民动员清除"毒瘤"。广播电视台及新闻媒体要加大宣传，引导全社会来自觉抵制不健康文艺的传播，彻底铲除低级下流负能量这颗"毒瘤"，还文艺一个晴朗的天空。同时在新的时期，我们要"用文艺振奋民族精神"，"用积极的文艺歌颂人民"，"用精湛的艺术推动文化创新发展"，"用高尚的文艺引领社会风尚"。用催人奋进的文艺为临县脱贫攻坚和"六新临县"建设鼓劲加油，为临县经济发展摇旗呐喊，引领临县60万人民携手并肩奔向小康。

创作于2018年4月

艺苑杂谈

艺苑杂谈

主要收录他人评价作者（作品）的一些作品、新闻报道及指导意见等。

出生于临县后麻峪村的80后农民张林峰，一边修表、配钥匙挣钱谋生，一边致力于临县三弦书等民间曲艺的自编自演，还出版了张林峰曲艺集一《说唱咱临县》

80后农民投身三弦书

"弹三弦打竹板唱上几声，夸一夸唱一唱大同名城。说大同道大同大同文明，有历史有文化观众请听。先西汉后东汉两汉名郡，北魏建都一百年风头出尽。辽、金、元作陪都打得很硬，明清时期这里是军事重镇……从吕梁来到了大同舞台，说得不好弹得赖激情满怀。欢迎您到吕梁来好酒好菜，我再说三弦书把亲戚招待……"

台下雷鸣般的掌声响彻夜空，这是临县80后曲艺人张林峰应邀参加大同市第十届文化节时表演的节目。演出在大同市关帝庙广场进行，观众有万余人。一位老外游客看了张林峰的表演感叹不已，竖起大拇指高喊："OK，OK……"

前不久，这位只有小学文化程度的年轻人，还写出了一本张林峰曲艺集—《说唱咱临县》。80后农民张林峰，为何对临县民间曲艺如此情有独钟？他对传承民间文艺做过怎样的努力？在党的十七届六中全会提出推动社会主义文化大发展大繁荣的今天，如何更好地保护传承和发展民间文化，活跃群众文化生活，是一个紧迫的现实问题。年末岁尾时节，又是张林峰忙于创作演出的日子，在他忙中偷闲之际，笔者专程采访了他。

自编自演临县三弦书、道情小戏……

张林峰 1980 年出生于临县临泉镇后麻峪村。他自幼喜欢临县三弦书等民间曲艺的创作、表演，2002 年在临县文化馆举办的曲艺培训班学习，同时拜民间艺术家康云祥为师，从此正式走上了创作和演艺之路。他的作品立意高、构思巧、主题明确、思想上进。作为一名先进文化传播者，张林峰能自编自演、自弹自唱，深受群众喜爱，老师和同行评价他是现阶段临县唯一的曲艺传人。

张林峰家庭贫寒，只上过 5 年学就告别了校园。因为底子薄，他搞起文艺创作来难度更大，所以他总是不断学习文化来充实自己，《现代汉语词典》就是他爱不释手的学习工具。平时他在街上以修表、配钥匙挣钱谋生，虽然生活艰苦，但是他的上进心和事业心丝毫没有动摇，纸笔随身带，一有时间就编一些合辙押韵的段子，歌颂真善美，抨击假丑恶，怡然自得。

张林峰创作作品的主题力求紧扣时代旋律、语句雅俗共赏，在口头押韵的基础上更讲究书面化。他曾将"八荣八耻"的内容改编成群众喜闻乐见的临县三弦书段子在《吕梁日报》等报刊发表，并到处说唱、大力宣传，使其家喻户晓。

临县是红枣大县，宣传临县红枣是每个临县文艺工作者的责任和义务，他创作的临县三弦书《枣恋》，在宣传临县红枣的同时还为大学生返乡创业鼓励与呼吁，引导更多的家乡才俊为临县的建设添砖加瓦。2008 年，他被团县委授予"十大杰出青年"的光荣称号。

曾有一段时期，农村兴起一股"上访热"，有事上访，无事找事也上访，有理告状，无理也告状。张林峰为此创作了临县三弦书《上访记》和《说上访》两个段子来宣传上访条例和利害关系，劝告人们告别无理上访。

他的临县三弦书作品还有宣传新农村建设的《我们村的老支书》《南庄有个张建平》，宣传改革开放 30 年临县巨变的《感受》，构建社会主义和谐社会的《"下岗"》，宣传医疗下乡的《及时雨》，宣传消防的《说消防》，宣传拾金不昧、见义勇为的《见好学好》，宣传劳务输出的《劳务输出就是好》《说说段耀武》，宣传临县旅游风景的《说景》，宣传预防青少年犯罪的《改邪归正》，宣传身体保健的《一针见效》等作品数十件，为临县三弦书的承前启后起着关键性作用。

同时，张林峰还创作出了不少临县小快板，如宣传假货害人及打击假冒产品的《打假》，宣传煤矿安全的《煤矿安全要记牢》等作品 10 多件；创作临县表演唱金玉良言《十大劝》，具有临县地方特色的《揞炒面》，转变老年人思想的《越活越年轻》，还有宣传赌博害人的秧歌剧《戒赌》，宣传贷款的方言小品《好借好还》；还创作临县传统道情小戏《叔嫂缘》，等等。在广大群众眼里，他很自然地成了临县曲艺界首屈一指的接班人。

对传统临县三弦书大胆改革

传统临县三弦书一直是盲艺人的"专利"，说、学、逗、唱兼容其中，说唱时他们手操蟒皮三弦，左腿下方绑有三到四块竹板或木板用来打节奏，右大腿上方绑有一小铜镲，右手中指与无名指之间夹一根竹筷，弹奏三弦时，伴有板子打出的节奏，再捎带敲击小铜镲，发出清脆的响声，桌子上放着一块醒木，说唱时配合使用，非常精彩热闹，很是受人欢迎。后来又发展成双人对说和多人合说，乐器也又加上了二胡、扬琴、笛子、"四块瓦"等，还有的配上了口技表演，表演上可以说是达到了炉火纯青的地步。但因为他们是盲人不能认字，所以唱词没有剧本，都是口口相传纯属临县方言，外地人根本无法听懂。

20 世纪 70 年代，由张林峰的师傅康云祥和老前辈樊如林两位民间艺术家，将临县三弦书从窑洞搬上舞台，开始编创、说唱临县三弦书，开创了明目人说唱三弦书的记录。他们用临县三弦书的形式，常常编创说唱一些新内容，如《桂英结育》《张豹找对象》《老鼠告狸猫》等，大大地丰富了群众的文化生活，为临县的文化宣传事业做出了贡献，也让临县三弦书的发展迈出了一大步。

张林峰从事临县曲艺创作表演后发现，虽然传统三弦书句句押韵，但大多是方言土语很难走出吕梁山。随着人们欣赏水平的不断提高，古老的临县三弦书远远跟不上时代步伐。2007年，霍州一单位举办"迎新春文艺联欢会"，临县文化馆推荐张林峰参加。他去了以后发现观众大多是霍州人，说临县话根本听不懂，怎么办呢？他就把最拿手的临县三弦书《八荣八耻》，用"半普通话"说唱了一遍，既没有失掉临县三弦书的味道，又让观众听得懂，演出结束后掌声如雷。这次演出开创了普通话说唱临县三弦书的记录。之后，他用普通话说唱临县三弦书的表演屡获成功，证明了他对临县三弦书的语言改革是正确的。

出版张林峰曲艺集－《说唱咱临县》

虽然在作品创新和语言改革上收到了双重成果，但是作为一名曲艺接班人，张林峰觉得一个人的力量是有限的，一定要吸引更多的青年加入曲艺队伍中来。为了实现这一愿望，张林峰做出了一个大胆的选择：出书。

一个贫困的农家子弟，一个只有小学文化程度的80后，一个连日常生活都捉襟见肘的农民，能出了一本专著吗？当时有不少好心人劝他放弃，更有人对他挖苦、讽刺，甚至嘲笑，还有人要出钱买他的书稿，然后用别人名字出版。面对这一切，张林峰始终没有动摇出书的决心，反倒是让他更坚定了出书的信心。

张林峰告诉笔者，自己出书一不为挣钱，二不图虚名，更不想因此炫耀自己，只是为了唤起更多的人对临县曲艺的重视，让更多的年轻人加入曲艺创作、宣传、传承队伍中来。这个选择也给他带来了巨大的生活压力，他没有工作单位、没有工资奖金，如果坐在家里专心创作，就意味着没有一分钱的收入，在这种情况下，他一边继续在修理铺挣钱糊口，一边省吃俭用，夜以继日地写作，争取克服一切困难，把事情在最短的时间内做到最好。

书稿写成后，为出版的事，张林峰光省城太原就先后去了7次，时间最长的一次住了17天，反复校对、审稿，就连排版设计他都参与了。经济方面更是困难，经多方筹借3万多元后又贷款5万元。在省城联系出书期间，他住最低价的旅馆，吃饭每天控制在10元以内，从来没有打过出租车，面临的困难前所未有，但是他还是那股牛劲，他相信，他的心血、汗水和泪水不会白流。功夫不负有心人，他的行动得到了临县有关部门的关注，张林峰的作品也得到了许多领导的认可并给予了大力支持。2010年11月，张林峰曲艺集—《说唱咱临县》终于由山西人民出版社出版。山西省新华书店现已上架销售，一些图书网站也在火热销售中。

张林峰兴奋地向笔者介绍说，张林峰曲艺集—《说唱咱临县》共分4个板块，分别由临县三弦书、临县小快板、临县表演唱和临县伞头秧歌组成，是典型的临县乡土曲艺作品集，同时在注音和注解方面下了很大功夫，虽然是方言，但外省人也同样可以看懂、学会。

张林峰，这位80后农民，在临县曲艺界崭露头角。相信，在社会各界的支持下，他一定会开拓一片曲艺新天地！

摘自：陈平.80后农民投身三弦书[N].山西日报，2011-12-23(C1).

夸林峰

（兴县顺口溜）

去年初冬，我与朋友相跟，
出去临县旅行。
书店购得三弦书本，
说唱临县具体内容。
作者姓张名叫林峰，
把临县唱得活灵活现，很是动听。
看了数遍，感触颇深，
茶余饭后写点点评。

天上紫薇星，
地下临县人。
临县大地有能人，
出类拔萃数林峰。
十八般武艺都精通，
自学成才有文凭。
函授专科又升本，
知识渊博艺超群。
有志者，事竟成，
不靠别人靠个人。
15岁创业进了城，
自食其力来谋生。
就修车则就配锁，
还又学会刻图章。

街上磨炼十年多，
把嘴练成八哥哥。
励志从艺要改行，
求学拜师康云祥。
刻苦钻研苦练功，
虚心求教有耐心。
功夫不负苦心人，
铁杆磨成绣花针。
师傅引进门，
学艺在个人。
民间曲艺要传承，
"三自一包"显奇能。
自编自演自弹琴，
包你笑得肚子疼。
云祥师傅传真经，
林峰弟子学得精。
心有灵犀一点通，
快速出师雏临空。
展翅腾飞唱得红，
吕梁山上一明星。
内容丰富又文明，
娱乐不忘颂党恩。
寓教娱乐意双层，
德艺双馨艺超群。
立意健康又新颖，
惩恶扬善爱憎明。
土生土长土作家，
原汁原味田园风。

艺苑新秀张林峰，
三弦快板显奇能。
创作剧本写书文，
林峰笔下有灵魂。
拙嘴笨舌文化不高，
评论林峰班门弄斧。
急于求成出此一招，
拜望林峰收我为徒。

雷丙迎创作于2014年

  雷丙迎：兴县民间艺人，以说顺口溜为特长，他在说顺口溜时不需要底稿，随编随说，很是出人意料。

弹起三弦定好音

——为林峰新书出版致贺兼忆康云祥老师

2019年10月2日，农历九月初四，是康云祥老师去世两周年祭日。祭奠完毕，我突然产生了一个念头，急忙向身旁的二兵提议："明年三周年时，一定要带上三弦在康老师的坟头弹奏一曲，作为对老师的纪念，也有向老师汇报的意味"。二兵说："这个想法好，用三弦表达我们的哀思最合适不过，我一定会记住这件事。"正在交谈间，林峰凑了过来，连连附和说是点子有创意，接着话茬他说道："我将近年来的作品结集为《说唱咱临县》第二集，用自己的作品向康老师汇报"。大家连声称赞，我急于先睹为快把他仅有的一本书样抢先拿在手里。

在看书过程中，我一次次想到康老师，情不自禁地怀念、留恋和品味。

三弦是康老师曲艺生涯中的代表性伴奏乐器，他把弹奏三弦的技能、功夫和感悟，春风化雨般传递给了他的学生们，"弹起三弦定好音"这句源远流长的贯口套话，成为他们共同的声音。与他们接触多了，对他们说唱这句话的腔调也大致能模拟出来。

要当康老师的学生，学弹三弦、弹好三弦是基本功。林峰从小对艺术有偏爱，对三弦声音很喜欢，在康老师当班主任开班招聘学员时，欣然到文化馆报名，拜师学艺。

因为康老师的缘故，我与林峰相识相知，情感默契，我对林峰的从艺历程多了一份关注，对他的艺术事业自然关心。

与林峰初次相识是在2004年正月，吕梁市举行首届晋西弹唱调研，康老师带队代表临县参加活动。住宿安排在金田大厦，我去拜访康老师，见到身边有个举止腼腆、一脸友善的年轻人，正是林峰。康老师介绍时一脸兴奋，他说：我收了一个好徒弟，培养了一年多了，入门很快，特别说到这个孩子为人实诚，从艺能下了硬功夫，相信是从艺的料。当时，我在报社工作，康老师特地叮嘱我，有机会多宣传宣传咱的林峰，多给他鼓劲支持，他一定会对社会有贡献。那次调研，康老师领衔表演群口三弦书《选村长》。舞台上，初出茅庐的张林峰，弹三弦规整合拍，唱词熟练，吐字清晰，台风也很是稳当。《选村长》大放异彩，拿了表演、创作两个一等奖，从演出到颁奖轰动现场。这个起点给了他从艺的自信和力量。

后来，每到康老师家里，常常会遇到林峰，多次看到他们师徒二人谈艺传艺，一个是边说边示范，一个是边听边练习，教的和学的都极度投入，周围的人事通通抛开，不加掩饰地痴迷和忘我，那种虔诚很难见到。

教学之余，林峰会自在地做些家务事，该做什么他自己知道，要怎么做不需询问。对与老师直接相关的事情，他做得尤其精到，纸笔道具摆放得合合适适，书本资料侍弄得整整齐齐，衣物床铺都做了很周到的打理。他做杂事时，康老师有时和他谈些闲话，有时静静地坐着，心情惬意舒畅。

俗话说，当局者迷旁观者清，此话自有它约定所指。对于康老师和林峰的交往，我觉得改作"当局者迷旁观者惊"更为贴切。当局的师徒二人一路痴迷，两相痴迷，教的痴迷，学的痴迷，人们在不经意间，看到了越来越与众不同的林峰。因县里艺术需要，而获得破格录用的工作机会；因自身艺术成就，而成为县里、市里、省里的杰出艺术人才。作品集出版了一本，第二本即将付梓，"三晋英才"榜上有名，当选全省宣传文化系统"四个一批"人才，获得众多高级别荣誉，产生诸多重量级成果，拿林峰的过去与现在相对照，着实让人大为惊奇，不由赞叹后生可畏。

因为特殊的机缘，我较早看到书样，成为早期阅读者。与《说唱咱临县》第一集相对应，第二集同样处处带有康老师的影子，林峰对康老师的尊敬怀念之情跃然纸上。

整本书中，三弦书占了单类大头，另有快板、顺口溜、三句半、小戏小品、伞头秧歌、感悟评论。身在文化部门，身为文艺工作者，弘扬主旋律应时宣传自然少不了，代表作有：三弦书《十九大精神传天下》《李狗狗脱贫记》，快板《拦工》《话选举》，小戏小品《过年》《贴心的棉袄》，三句半《抗灾》，等等。因工作生活中触发创作灵感而形成的作品也很是不少。在演出中，三弦书《体检》《圆梦》《林大嫂住院》，道情小戏《假离婚》，等等，众多作品赢得群众叫好叫座。林峰的本职工作够得上繁忙了，担任第一书记，局里负责社会文化、公共服务等事务，创作常常要在深夜呕心沥血完成，每一件作品都力求完美，为此，他的生活被工作填满而少有闲情野趣。

在书中，有一篇《祭恩师》，是他在康老师灵前，一把鼻涕一把泪，边痛哭边说唱的祭文。他的祭奠之前，首开学生祭奠的是康老师早期的学生代表，有"唢呐王"美誉的刘晓弘，只记得刘晓弘的大唢呐中吹出了一段老道情，声音悲凉而深情，如泣如诉，如歌如赞，他的情绪深深感染了现场，将祭奠活动推向高潮。作为后期学生代表之首，林峰的祭奠紧步其后。林峰的祭文朴实真情，不是唱完的，边唱边说、边停边哭，句句含泪、声声哽咽，极大触发了现场亲朋、学生的心声，人们不由自主泪流满面，有的情不自禁，哭声从不同的地方传出来。在众多的哭泣声中，我分明听到清脆悠扬、古朴沧桑的三弦声,那是从康老师棺木中传出来的,好音迷人,余音绕梁,声声都坠入人的胸怀。

　　康老师离世后,我曾试图写长篇悼念散文,除了百日祭有一篇千字短文后,其余尚是空白,为此深感自责愧疚。面对林峰的书稿,借题发挥,寓情于事,我自然而然地想到康老师,追念他的高尚艺德,追念他的不朽成就。在众多艺人共同的成就之外,康老师的艺术教育所具有的价值和所获的成就堪称高度,不愧为艺之大者。林峰的艺术追求、艺术人生、艺术成就,便是康老师艺术教育的成果之一。

　　"弹起三弦定好音",一代代艺人你来我往、你弹我唱,互弹互唱、自弹自唱,为公众的精神生活注入了艺术滋养。"弹起三弦"不易,因为学起来难,从艺者多不愿学,加之传统有"盲人说书"的偏见;"定好音"不易,一旦开弹就要顺着曲调一路走,变高变低都是表演者的败笔,免不了贻笑大方,因而必须把音定得既稳当又准确,正如中医号脉,把不准就会臭把式。说三弦器乐如此,弦外之音更是明确,从艺者选择了三弦就要"弹起三弦定好音",克服一切困难坚定地走下去,否则,枉为艺人,自甘堕落。康老师一次次把这句话教与林峰,林峰体味感悟,从懵懂到深懂,最终转化为人生旅程中执着的信念。

　　我等候明年九月初四,在康老师坟前聆听一场特别的三弦书交响乐,期待着林峰和他的师兄弟们、师姐妹们"弹起三弦定好音",相信这一定是康老师最期待、最欣慰、最幸福的时刻。

　　大美三弦,大美艺者!

雒晓利

2019 年 10 月

后记

　　我的第二本曲艺集即将出版,这块压在心中的石头终于可以放下来了。

　　2019年对家乡临县来说,是不寻常的一年,全县脱贫摘帽,对我个人而言也是最忙碌的一年,既要下乡扶贫做好第一书记工作,又要做好全县的文化扶贫工作,实在是太忙太累了。2019年也是喜获丰收的一年,我入选山西省"三晋英才"支持计划青年优秀人才,入选山西省宣传文化系统"四个一批"人才工程。创作的临县三弦书《拦工》、歌词《青塘!美丽的故乡》、小品《脱贫》,分别荣获"吕梁市庆祝中华人民共和国成立70周年暨第十届戏剧剧本,小戏小品,曲艺,歌词征文评奖"曲艺类一等奖、歌词类二等奖、小戏小品类三等奖。我被中共临县县委、临县人民政府授予"五一劳模"荣誉称号,被中共临县县委评为"优秀农村第一书记"。

　　此书的出版也得到了许多领导、朋友的大力支持。别人老说我命好,"处处贵人扶持,事事逢凶化吉"。确实是,我在生活工作中遇到了太多的好人、贵人,我一定会将他们永远牢记心中,祝福他们好人一生平安。虽然此书在创作、整理方面花费了大量的心血,但它的出版还是不够圆满的。原计划同我的第一本曲艺集《说唱咱临县》一样,让领导们帮写个序言,一来引导更多的年青人加入临县曲艺传承队伍中来,二来也是对我一种极大的鼓励。但是事与愿违,留下些许遗憾。

不过，我不会灰心丧气，仍要再接再厉，在曲艺事业上走向新的高峰，继续创作出更多更好的文艺作品为家乡临县的发展鼓劲加油，继续为广大人民群众不断献上健康向上的精神食粮，继续为临县的曲艺事业传承发展做出更大的贡献。

2019 年 12 月